CW00517797

Meurtres en Bretagne Sud

Michel le Gras

Meurtres en Bretagne Sud

Roman

LE LYS BLEU
ÉDITIONS

© Lys Bleu Éditions – Michel le Gras

ISBN : 979-10-377-6787-5

Chapitre 1
Le basculement

Ci

Le mois de février 1996 restera à jamais gravé dans la mémoire de Franck Kerbouil. Comme chaque matin, il était occupé à des tâches ménagères, mais ce matin il pensait à son fils, Michel, qui n'était pas rentré de sa soirée entre amis. Cela ne le tracassait pas énormément, son fils et ses amis n'étaient pas des adeptes de l'alcool ni de la drogue. C'étaient de jeunes garçons sérieux et responsables. Mais Franck s'inquiétait à chaque sortie nocturne de son fils, à cause du souvenir de sa femme Stéphanie, la mère de Michel, qui était décédée dans un accident de voiture, une nuit en rentrant de son travail d'infirmière a l'hôpital sud de Lorient. Michel avait dix ans, sa douleur fut immense. Cet accident fut provoqué par un chauffard qui s'était éclipsé sans porter secours, et n'avait jamais été retrouvé. La douleur avait été telle que Franck n'avait jamais voulue refaire sa vie, il s'était consacré à son fils et à son métier de marin d'État.

Franck était propriétaire d'une maison implantée au lieu-dit Guidel-Plage. De la fenêtre de la cuisine, on pouvait admirer un bras de mer qui séparait le Morbihan du Finistère, une belle plage de sable fin bordait la route de la Côte, lieu de promenade très encombré les dimanches après-midi par les citadins et les touristes de passage.

Son métier de marin d'État l'avait obligé à être absent très souvent, ce qui avait eu pour conséquence pour Michel d'être pensionnaire pendant toute sa scolarité. Pour les vacances et les week-ends, Thérèse, la sœur aînée de Franck, avait pris le relais et s'était occupée de tout ce dont avait besoin son fils. Michel avait très vite compris, dès son jeune âge, les désagréments du métier de militaire de son père. Sa tante était devenue, au fil des années, sa maman de substitution, et ils avaient tous les deux créé une joie de vivre qui se remarquait dès qu'ils étaient ensemble.

Thérèse n'eut pas le bonheur d'enfanter. Son mari, ouvrier à l'arsenal de Lorient, était un homme terne, sans envie apparente, et incapable de prendre la moindre décision. Sa vie tournait autour de son travail de magasinier et de son goût immodéré pour le vélo. Leur couple avait une apparence de monotonie. Tout cela convenait à Thérèse, par nature maîtresse femme : elle dirigeait son couple d'une main de fer.

Pendant ses permissions, Franck s'adonnait à ses passions qu'il avait transmises très tôt à son fils : les plaisirs de la voile et de la pêche côtière. Son bateau était amarré au petit port de Guidel-Plage, qui était muni de quelques pontons dont la plupart des places étaient occupées par des locaux. Son bateau, un pêche-promenade de six mètres cinquante sans fioritures, avait été fabriqué localement, et était agrémenté de porte-cannes et d'un sondeur pour la pêche au bar. Franck et Michel faisaient de belles prises au large de l'île de Groix, petite île à vue de la côte lorientaise. Sa passion pour la mer était pour Franck le choix de son métier, mais venait surtout du fait qu'il était natif de ce coin charmant de Bretagne. Fils d'un marin pêcheur de l'île de Groix, son existence était associée à la mer depuis sa tendre enfance.

Il était désormais un jeune retraité de quarante-cinq ans, la Marine nationale l'avait poussé à prendre sa retraite. Une sale affaire politique qu'il lui avait fait subir des désagréments. Il en gardait beaucoup d'amertume et de colère pour avoir été forcé à endurer cette décision. Mais la raison d'État ne peut être expliquée… Franck, qui avait vingt-cinq ans de service, s'exécuta et rentra contre sa volonté dans la vie civile.

9 heures, le carillon de la grille sonna. Perplexe, Franck se demanda qui pouvait bien sonner à cette heure matinale. Peut-être Michel ? « Mais il a le bip pour l'ouverture de la grille. L'aurait-il égaré ? », Pensa Franck en jetant un coup d'œil par la fenêtre de la cuisine. Ce n'était pas son fils, c'était son ami, son vieux compagnon de pêche, le chef de la gendarmerie de Ploemeur, accompagné d'un jeune brigadier. Franck appuya sur le commutateur de la grille d'entrée, tout en se demandant avec une certaine appréhension quel était le but de cette visite. « Peut-être quelques vols sur le port, ou des dégradations sur les bateaux », se dit-il. Mais voir le chef en personne ne présageait rien de bon, il ne se déplaçait pas pour des pacotilles.

Franck sortit et alla à la rencontre des deux gendarmes. Leurs regards sombres l'informèrent de la gravité et du sérieux de leur visite. Une poignée de main chaleureuse en guise de salut, et le chef lui demanda la permission d'entrer dans la maison pour pouvoir l'informer de l'objet de sa visite matinale. Une fois à l'intérieur, le chef invita Franck à s'asseoir tout en lui précisant qu'il avait une très mauvaise nouvelle à lui annoncer.

Le chef prit place dans la cuisine face à Franck, le jeune brigadier, la mine défaite, ne souffla mot et resta debout près de l'entrée. Un silence pesant se fit dans la cuisine pendant quelques secondes qui parurent une éternité, avant que le chef ne déclare :

« Franck, je t'apporte une très mauvaise nouvelle. Il s'agit de ton fils, Michel.

— Que se passe-t-il ? Michel a eu un accident ? C'est grave ? Il est blessé ?

— Non, Franck, ce n'est pas cela. Je ne sais pas comment te l'annoncer, mais au nom de notre amitié, j'ai préféré me déplacer moi-même.

— Mais bon Dieu, ne tourne pas autour du pot ! Dis-moi ce qu'il s'est passé ! Où est mon fils ?

— Franck, des policiers de la brigade de nuit ont retrouvé Michel décédé sur un trottoir. Pour l'instant, je ne peux te dire le pourquoi du comment du décès de ton fils. Tout ce que je peux te dire, c'est que cela ne ressemble pas à un accident de la circulation. Il faut que tu viennes avec nous reconnaître son corps à l'hôpital sud d'une façon légale, bien que je n'aie aucun doute. Mais la procédure nous y oblige. »

Franck était anéanti. Son cerveau bouillonnait. Son fils était mort ! Il entendait encore le chef le lui annoncer, il ne pouvait y avoir d'erreur, le chef et le brigadier connaissaient très bien Michel. Alors, comme un zombie, il enfila une veste et suivit les gendarmes jusqu'au véhicule de fonction – il ne pouvait pas conduire dans son état.

Accompagné des deux gendarmes, il arriva à l'hôpital. Ils le menèrent jusqu'à la chambre froide pour la reconnaissance d'usage dans le cas d'un homicide. Il déclara que oui, bien sûr, il s'agissait de son fils, Michel. Il embrassa son fils qui était allongé sur cette table froide, et sortit de la pièce sans aucun mot, sans larmes. C'est à ce moment précis qu'une colère glacée monta en lui. Maintenant, il voulait savoir pourquoi et comment ce drame avait pu se produire, qui avait tué son unique fils.

Fixant le chef gendarme de son regard bleu acier, il lui intima de répondre à ses questions.

« Dis-moi, et sans détour : que s'est-il passé ? Quelqu'un a-t-il vu quelque chose ?

— Franck, comme je te l'ai dit, rien. Juste la découverte de ton fils par les hommes de la brigade de nuit, quand ils rentraient au poste pour leur fin de service, rue Claire-Rondeau, à 5 heures ce matin. D'après le rapport, ils ont d'abord cru qu'un homme dormait sur le trottoir après une soirée trop arrosée, mais force fut de constater que ce n'était pas cela. C'est en fouillant dans son blouson qu'ils ont découvert l'identité de ton fils, et après constatation qu'il avait été tué par arme à feu. Inutile que je t'explique les formalités policières, mais sache que l'on n'a aucun indice pour l'instant. Par ailleurs, je compte te poser quelques questions, si tu en as le courage, le plus rapidement possible.

— Aucun problème, mais il me faut prévenir ma sœur, je ne sais pas si elle va pouvoir supporter la perte de Michel. Ramenez-moi chez moi, je reviendrai en début d'après-midi, dès que j'aurai annoncé cela à Thérèse. Il me faut aussi appeler son mari, afin qu'il rentre chez lui pour prendre soin d'elle. »

Le chef donna l'ordre de ramener son ami chez lui. Malgré ses années de service qui l'avaient confronté à d'horribles crimes, à des accidents dans lesquels des enfants avaient perdu la vie, c'était la première fois qu'une affaire le touchait de si près.

Après un bref passage chez lui, Franck se rendit chez sa sœur qui demeurait à cinq cents mètres de là. Dès son arrivée, elle vit que son frère n'allait pas bien, mais elle était loin d'imaginer la terrible nouvelle dont il était porteur. Ce fut un moment terrible. Il n'y a pas de mots pour la perte d'un enfant. Franck avait été confronté à la mort au cours de sa carrière, mais pas d'une manière aussi personnelle, aussi injuste.

Le mari de Thérèse, si inapte à prendre des décisions d'habitude, prit sa femme en main. Il appela le médecin de famille pour qu'il l'aide à supporter ce malheur. Elle posa à Franck mille questions auxquelles il ne put répondre. Son enfant qu'elle aimait plus qu'elle-même n'était plus, et cela, son être ne pouvait le comprendre.

Franck avait attendu la venue de son beau-frère pour qu'il puisse prendre soin de sa Thérèse. Il téléphona à la gendarmerie pour informer le chef qu'il arriverait dans la demi-heure, afin de répondre aux questions qui feraient avancer l'enquête. Le gendarme de service l'informa que le chef l'attendait dans son bureau.

Dès qu'il fut garé sur le parking de la gendarmerie, un planton de service accompagna Franck directement jusqu'au bureau du chef. Un secrétaire était attablé dans un coin, il le salua dès son entrée – il était chargé de taper les rapports de police.

Le chef lui demanda des nouvelles de sa sœur, mais surtout comment elle supportait cette tragédie. Il l'informa qu'il allait lui poser des questions qui pourraient le déranger, mais que cela était indispensable pour comprendre ce qui avait pu se passer. Franck rétorqua que l'on pouvait lui poser toutes les questions que l'on désirait à partir du moment que cela permettait de découvrir comment et pourquoi son fils, Michel, avait été tué d'une balle dans la tête.

Le chef posa sa première question. Dans le coin, on entendait le cliquetis de la machine à écrire.

« Quand as-tu vu ton fils pour la dernière fois ?

— Hier soir, sur le coup de 21 heures, il s'apprêtait à sortir avec Xavier pour une soirée. J'étais dans le salon quand j'ai entendu le klaxon d'une voiture, son ami devait venir le chercher.

— Qu'a-t-il dit avant de partir ?

— Rien de spécial. Juste "Salut Papa, ne t'inquiète pas, je dormirai peut-être chez Xavier, si la soirée s'éternise." Il m'a embrassé, puis il est sorti rejoindre son ami.

— Franck, tu connais son ami Xavier ?

— Oui, bien sûr, c'est le fils d'un de mes anciens matelots, un garçon très bien qui veut faire carrière dans la Marine nationale. J'ai le numéro de téléphone de son père. »

Le secrétaire tapait dans son coin toute la conversation, et il nota le numéro de téléphone.

« Franck, ton fils avait-il des soucis, des problèmes, avait-il reçu des menaces, ou des coups de téléphone désagréables dont il aurait pu te faire part ?

— Non, rien, tout allait bien, il m'en aurait parlé si quelque chose l'avait contrarié, tu sais que l'on était très proches.

— Sais-tu où Michel et son ami ont passé leur soirée ?

— Non, pas du tout, il faudra le demander à Xavier, lui doit le savoir. Ce matin, normalement, il doit être en cours à la base des fusiliers marins. »

Le chef prit son téléphone, et demanda que l'on passe chercher Xavier. « Il pourra nous éclairer sur la soirée. » Puis il proposa à Franck de faire une pause, d'aller fumer une cigarette dehors, accompagnée d'un café, le temps d'attendre la venue de Xavier, qui était le seul pour l'instant à savoir ce qui avait pu se passer au cours de la nuit – du moins, c'est ce que le chef et Franck espéraient.

Xavier arriva rapidement, des gendarmes étaient allés le chercher à l'école des fusiliers. Ordre leur avait été donné de ne lui poser aucune question et de ne pas l'informer de la raison de sa convocation immédiate à la gendarmerie. Xavier se posait des tas de questions et était de ce fait de très mauvaise humeur, à cause du manque d'explications de la part des gendarmes et de la façon dont ils avaient agi avec lui. Il leur dit qu'il ne comprenait pas ce qu'il se passait ni pourquoi on était venu le chercher devant ses camarades de promotion.

Une fois à la brigade, on l'emmena directement dans le bureau du chef. Il croisa rapidement Franck dans le couloir. Il lui sembla voir une drôle d'expression sur son visage, mais il n'eut l'occasion que de le saluer d'un bref signe de tête. Le jeune homme eut alors un moment de panique, se demandant ce qui pouvait bien se passer.

Franck avait été invité à attendre dans une autre pièce, le chef ne désirait pas poser de questions à Xavier devant lui. Dans son état, cela n'aurait servi à rien, et le chef devait suivre les procédures légales pour son enquête qui ne faisait que commencer.

Xavier répondit aux questions sur son patronyme, son adresse et sa qualité. Quand il demanda à connaître la raison de sa présence dans la gendarmerie, le chef lui répondit qu'il serait informé au moment voulu. En tant que militaire, Xavier avait le respect de la hiérarchie et il accepta de patienter, même si tout ceci lui paraissait extrêmement bizarre.

Le chef commença par une simple question :

« Xavier, connais-tu Michel Kerbouil ?

— Oui, bien sûr, c'est mon ami et je viens de croiser son père dans le couloir.

— Xavier, quand l'as-tu vu pour la dernière fois ?

— Cette nuit. On était ensemble à *La Coccinelle*, la boîte de nuit à l'entrée de l'arsenal.

— Donc vous êtes restés ensemble toute la soirée, c'est ça ?

— Oui, jusqu'à 3 heures du matin. Je suis parti avant la fermeture, car j'avais cours ce matin.

— Michel n'est donc pas rentré avec toi ?

— Non, il est resté, lui avait le temps, et en plus, il discutait avec une fille, donc je l'ai laissé. Il m'a dit qu'il appellerait un taxi pour rentrer chez lui à Guidel-Plage.

— Connais-tu cette fille, Xavier ?

— Non, je ne l'avais jamais vue.

— Récapitulons : tu viens chercher Michel vers 21 heures, et vous avez fait quoi après ? La boîte ouvre tard, où êtes-vous allés ?

— Vers 21 h 30 ou 22 heures, on a bu un verre au *Barracuda*, le bar du centre de Ploemeur. Après, nous sommes allés manger une pizza *Chez Luigi*, la pizzeria qui fait l'angle à côté de l'église. Il devait être près de minuit quand on est arrivés à *La Coccinelle* et c'est à peu près tout. »

Xavier ne comprenait toujours rien à cette histoire : pourquoi toutes ces questions ? Michel et lui n'avaient rien fait de répréhensible ! Franchement, il devait quand même se passer quelque chose de grave. Mais le chef lui avait promis de lui expliquer après, et cela, il l'attendait impatiemment.

« Peux-tu me décrire la fille qui discutait avec Michel ? demanda le chef.

— Pas trop, à part que c'était une blonde pas mal, un peu ronde. Michel avait l'air de plaisanter avec elle, car elle rigolait beaucoup, mais à part ça, je ne la reconnaîtrais pas, même si je la croisais aujourd'hui.

— Dans la soirée, s'est-il passé quelque chose de spécial ? Une altercation avec d'autres clients, un désaccord quelconque ?

— Non, pas du tout, tout était calme. En plus, il n'y avait pas grand monde.

— Xavier, connais-tu une personne qui aurait pu en vouloir à Michel ?

— Non, je ne vois pas, Michel n'a pas d'ennemis, il est bien vu de tous.

— Très bien, Xavier, tu vas signer ta déposition et je crois que je vais pouvoir t'expliquer pourquoi je t'ai fait venir dans nos locaux. »

Xavier signa, perplexe, sa déposition. La seule chose qu'il attendait était l'explication à tout cela.

« Voilà, Xavier, j'ai une très mauvaise nouvelle : ton ami Michel a été retrouvé ce matin, à 5 heures, rue Rondeau, tué par balle. Aurais-tu une explication ? »

La terre s'écroula sous les pieds de Xavier. Michel mort, cela lui paraissait irréel. Il venait de comprendre toutes ces questions, il demanda sans réfléchir au chef :

« C'est un accident ? »

Dans la seconde qui suivit, il comprit que ce ne pouvait être un accident, tué avec une arme dans la rue, sa question était stupide !

« Vous avez arrêté quelqu'un ? En pleine ville, on ne tue pas les gens dans la rue ! Michel n'a rien fait, il doit s'agir d'une erreur ! Et son père, mon Dieu, comment le prend-il ? C'est son seul fils, c'est terrible. »

Le chef posa sa main d'une manière paternelle sur l'épaule de Xavier tout en l'informant qu'il pourrait avoir besoin de lui poser d'autres questions, et que si quelque chose lui revenait, il pouvait à tout moment venir à son bureau. Il ajouta que tout était important, que les moindres détails pourraient faire avancer l'enquête.

Il fit ensuite appeler Franck pour l'informer, lui expliquer comment s'était passée la soirée de son fils avec son ami. Il lui avoua que la mort de Michel lui paraissait incompréhensible, et que pour l'instant, aucune piste n'était privilégiée. Il précisa qu'il ferait tout son possible pour lever ce mystère.

Franck exigea d'être informé au moindre indice, le chef lui répondit qu'il ferait son possible en tant que gendarme, mais aussi, et surtout, en tant qu'ami.

Puis il repassa chez sa sœur pour prendre de ses nouvelles. Le médecin lui avait administré un sédatif, elle dormait. Le réveil lui serait très pénible. Il resta pour la nuit chez elle, n'ayant pas envie non plus de se retrouver seul, la force lui en manquait. La vie lui rappelait pour la deuxième fois le malheur à l'extrême. Sa femme, et maintenant son fils, il se demanda si sa vie valait encore le coup d'être vécue. Mais la rage qu'il nourrissait envers celui qui avait tué son enfant lui disait qu'il fallait vivre, pour savoir ce qui s'était passé et punir ce meurtrier.

Une semaine passa et rien. La balle qui avait tué Michel ne donna aucun résultat, aucun indice, comme si elle avait surgi de nulle part. La jeune fille de la boîte de nuit fut mise hors de cause, elle n'était qu'une cliente de passage. La rue Rondeau ne dévoila aucun résultat non plus, Michel l'avait prise pour accéder à la station de taxis, personne au monde ne semblait être responsable de ce drame.

L'enquête était au point mort, sa vie en était au même point. Il voyait régulièrement son ami, le chef de la gendarmerie, qui lui avouait son incapacité à résoudre ce mystère. Xavier et lui ressassèrent cette soirée tant de fois ! Combien de questions posées restées sans réponse ! Ils avaient fini par conclure que sa mort n'était que le fait d'un fou, ou que cette balle ne lui était pas destinée, qu'un assassin s'était trompé de cible, une ressemblance physique dans la nuit. Toutes les réponses à leurs hypothèses leur convenaient et ils finissaient par en être infiniment persuadés.

Franck émit ses suppositions au chef, avec toute la conviction d'un père torturé. Le gendarme l'écouta tout en lui expliquant que son analyse était plausible, mais comment chercher un homme avec les traits de son fils ? Dans quelle région ? Ici, ailleurs, dans toute la France ? Franck lui demanda de faire place à la chance, au hasard, mais le chef voulait surtout que son ami retrouve la paix.

Michel rejoignit sa maman dans le caveau familial au cimetière de Ploemeur. Ses deux amours étaient réunis pour l'éternité, ils n'attendaient que lui. Mais il s'était juré de trouver la vérité avant de les rejoindre. Ce sentiment le nourrissait et l'obligeait à vivre, il ne pouvait partir les retrouver sans savoir pourquoi, et surtout qui avait commis ce geste.

Sa sœur eut beaucoup de mal à s'en remettre. Elle avait perdu sa gaieté, et souvent, elle lui répétait : « Personne après notre mort ne viendra nous pleurer, fleurir notre tombe. » Ce sentiment que la vie devenait inutile lui était insupportable. Son mari, d'habitude si terne, à la limite de l'inutilité, changea à la grande surprise de Franck et devint un époux aux petits soins pour Thérèse. Il lui fut d'un grand réconfort, non par ses paroles, mais par son attitude à son égard, ce que Franck n'aurait jamais soupçonné.

Il ne garda pas le bateau, trop de souvenirs avec son fils. Il le céda avec son équipement à un jeune homme qui avait l'âge de Michel, il espéra que peut-être, lui aussi, un jour, naviguerait avec son fils. Ce bateau avait été créé pour le bonheur, alors il lui souhaita bonne chance et bon vent, sans lui révéler la raison de sa vente.

Sa vie n'avait plus de saveur, il resta de longues semaines enfermé chez lui. Ses voisins abandonnèrent l'idée de l'inviter comme avant à une partie de pêche ou à un barbecue, après toutefois de multiples tentatives de leur part, par amitié et surtout pour que Franck ne se sente pas seul dans ce drame. Ils ne le saluaient plus que d'un simple mouvement de tête, qui parfois n'obtenait même pas de réponse.

Cet homme fuyait désormais tout contact avec ses pairs, il vivait reclus dans sa douleur.

Chapitre 2
À la recherche de la vérité

Ce que personne ne soupçonnait, c'était que sa rage de savoir ne le quittait pas. Une idée folle lui était venue : et si on avait tué son fils pour son nom de famille ? Cette idée lui était apparue en regardant une émission de télévision, qui parlait de gens qui portaient le même nom que d'autres personnes. Leur patronyme ne leur apportait que des ennuis avec l'administration, ou on leur présentait des créances dont ils n'étaient pas responsables. Ce fut comme un déclic et Franck se persuada qu'il était dans le vrai. Il n'en parla à personne, ni à sa sœur qu'il ne voulait pas contrarier, ni au chef gendarme qui l'aurait sûrement convaincu que c'était une idée folle et saugrenue.

Il investit dans un ordinateur dernier cri, s'abonna pour bénéficier d'un forfait Internet illimité. Son ancien métier dans la marine lui avait appris toutes les ficelles pour la recherche sur le Web. Il avait été écarté de la marine à cause de ce système, maintenant, il allait pouvoir tirer parti de ses connaissances pour son propre compte.

Son idée maîtresse était la suivante : répertorier dans toute la France, par département, tous les hommes qui portaient son nom. À titre de coup d'essai, Franck décida de commencer par la Bretagne. Chercher un homme du même nom, sensiblement du même profil, et d'un âge correspondant à celui de son fils. Malgré l'ampleur de la tâche, il se disait qu'il avait le temps, jusqu'à la fin de ses jours s'il le fallait. Trouver celui qui aurait dû mourir à la place de son fils et bien sûr celui qui l'avait tué. Franck était sûr que là se trouvait la vérité.

Il passa le plus clair de son temps à ses recherches. Quelquefois, il rendait visite à la seule personne qu'il aimait sur terre, sa sœur Thérèse. Elle aussi s'inquiétait de le savoir enfermé plus que de raison. Chaque fois, il lui inventait des recherches sur les oiseaux, disait que c'était une nouvelle passion et qu'elle ne devait pas se faire de souci pour lui.

Elle reprenait doucement un faible goût de vivre, sans grand éclat, mais il y avait du mieux, sûrement grâce au beau-frère de Franck qui s'était découvert un talent de mari attentionné sur le tard. Tout ceci arrangeait beaucoup ses affaires.

Le dimanche, comme une messe, il se devait de déjeuner avec eux. Il y allait sans grande joie, mais jamais il n'oubliait ce que sa sœur avait fait pour lui et pour Michel. Elle méritait mille fois qu'il fasse ce petit effort. Il faut avouer aussi que sa cuisine le changeait de ses éternels plats cuisinés passés dans son micro-onde.

Au fil de ses recherches, Franck établit une liste de personnes portant le nom de famille de Kerbouil. Ce nom n'était pas très fréquent, sauf en Bretagne, et il en dénombra, d'après les statistiques du Web, trente-cinq, sans avoir cependant aucune idée de l'âge de ces personnes. Il décida de se déplacer méthodiquement pour rayer de la liste les vieux, les femmes, les enfants et pour finalement finir avec une liste de jeunes hommes susceptibles d'être celui qu'il cherchait.

Prétextant un tour de Bretagne pour s'aérer la tête, il informa Thérèse qu'il s'absentait quelque temps. Elle le félicita, n'ayant aucune idée de la vraie raison de ce périple. Il lui fallut près de trois semaines pour son voyage. Sans éveiller les soupçons, il avait dû poser des questions, prétextant chercher un ami d'enfance ou encore un M. Kerbouil qui vendait une voiture. Dans certains villages ruraux vivait au complet une famille Kerbouil. Franck se rendit compte que ce nombre de trente-cinq était loin de la vérité.

Dans ses recherches, il avait croisé des jeunes qui pouvaient correspondre à sa quête. Mais il s'était promis de ne rien dévoiler : il établissait une liste primaire qu'il étudierait ensuite. Pour lui, le temps n'avait aucune prise.

Ce voyage, qui n'était pas d'agrément, lui fit un bien fou, malgré son but macabre, car il l'obligea à parler avec des gens, à sélectionner des auberges où il pourrait redescendre au besoin, et aussi à découvrir des endroits charmants qui, dans d'autres circonstances, auraient été agréables à visiter.

Quand il rentra chez lui, Franck avait une liste de dix-huit jeunes présentant les bons critères.

Devant son bureau, il avait épinglé une carte de la Bretagne, et des aiguilles de couleur piquées dans le papier indiquaient la localisation de chaque personne qui l'intéressait. Dix-huit points rouges, comme dix-huit pistes à suivre.

Sa seule idée : reprendre la route, pour savoir, se renseigner discrètement sans éveiller le moindre soupçon. Un travail d'enquêteur qui n'avait pour seule finalité que de connaître un jour la vérité.

Après avoir pensé à la façon de s'y prendre, il reprit la route pour essayer de trouver celui qui l'obsédait. C'était une idée folle, chercher l'homme qui aurait dû mourir à la place de son fils. Pour Franck, pas de doute, là était la vérité.

Dans la poche de son blouson, sa liste avec, en face de chaque nom, celui d'une ville, d'un lieu-dit, d'un village. Il essuya beaucoup de déconvenues, ne trouvant le plus souvent que des garçons sans histoires, des jeunes intégrés dans la vie active, quelques fils d'agriculteur qui travaillaient dans l'exploitation familiale.

Pour entrer en contact avec certains, il fréquentait le café où allaient les jeunes visés, et finissait, avec ce stratagème, par leur demander s'ils étaient déjà venus dans la région de Lorient, car il lui semblait les avoir vus avec son fils au début de l'année.

La plupart du temps, la réponse était négative. Franck s'excusait et déclarait qu'il s'était trompé, qu'il avait confondu avec un autre qui lui ressemblait. Il rayait le nom et le lieu de sa liste, qui commençait à se réduire au fil de ses recherches. Parfois, le doute venait le titiller, mais tant qu'il resterait au moins un nom, un endroit, il chercherait.

Dans la ville de Quimper, près de la gare, Franck observait discrètement un jeune homme qu'il avait trouvé par pur hasard en tapant « Kerbouil » sur Face book. Son profil semblait être celui d'un jeune paumé, et il contenait des photos de fêtes, prises pour la plupart devant la gare. Sur plusieurs d'entre elles, on voyait l'enseigne de la SNCF. Ses vêtements faisaient penser à ceux d'un marginal.

Franck n'avait eu aucune difficulté à le trouver : en traînant devant la gare, il avait repéré un groupe de jeunes et surtout celui qui l'intéressait. Il était assis par terre comme la plupart de ses compagnons, ce qui ne les empêchait pas d'être très bruyants, à la limite de l'agressivité envers les passants. Franck ne se voyait pas aller le trouver pour entamer la conversation, lui poser des questions. Ce genre de personne n'y verrait qu'une sorte d'interrogatoire et ne répondrait pas, et même l'enverrait se faire voir ailleurs. Avec sa coupe militaire et sa stature, Franck ressemblerait pour ce dernier à quelqu'un de la police.

Ne restait qu'à le suivre, trouver où il logeait, se renseigner discrètement pour voir si cet homme pouvait être celui qu'il recherchait. Rien ne lui semblait sûr, mais c'était le premier qui se détachait des autres. Assurément, il ne le lâcherait pas avant de tout savoir sur lui.

De l'autre côté de l'avenue se trouvait une petite épicerie. Cette boutique était tenue par une dame âgée. Franck s'y rendit, espérant glaner quelques renseignements, la dame devait bien savoir qui étaient ces jeunes.

« Madame, bonjour. Beau temps, aujourd'hui.

— Bonjour, monsieur. Oui, ça change d'hier.

— Auriez-vous un sandwich jambon-beurre, s'il vous plaît ?

— Oui, bien sûr, je vous l'enveloppe. Souhaitez-vous autre chose ?

— Oui, je prendrai une bouteille d'eau gazeuse, merci. »

À la caisse, qui se situait à l'entrée du magasin, Franck demanda combien il devait, et en profita pour entamer la conversation au sujet des jeunes d'en face.

« Ben dites donc, ils m'ont l'air bruyants, ces jeunes, lui dit-il en les montrant discrètement d'un signe de la tête.

— Oh, oui ! Des jeunes voyous, des drogués ! Ils sont là tous les jours, et je vois bien leur manège, sans compter qu'ils viennent chez moi acheter de la bière. Mais vous savez, moi, je les surveille ! »

Tentant un coup de poker, Franck désigna le garçon qui l'intéressait en disant à la dame :

« Celui-là a l'air d'avoir une grande bouche, on n'entend que lui !

— Celui-là, c'est un peu leur chef. Parfois, je ne le vois plus pendant plusieurs jours, les autres restent là comme s'ils l'attendaient. »

Franck paya et remercia la dame pour le sandwich, et lui souhaita bon courage en ajoutant, sur le pas de la porte, que la jeunesse de maintenant devenait difficile. Il remonta dans sa voiture, jeta le sandwich sur le siège passager. Il n'avait aucune faim, mais but une gorgée d'eau. Ce qu'il venait d'apprendre le laissait perplexe. Une sorte de sixième sens lui indiquait que c'était le bon, celui qu'il cherchait depuis le début.

Il décida de rentrer à Guidel. Chez lui, il pourrait réfléchir au moyen de lui parler. Durant les cinquante kilomètres qui le séparaient de sa maison, il se dit que ce serait difficile : il n'avait rien à voir avec ce milieu de jeunes désœuvrés, et en plus, il ne connaissait pas leurs règles. Tout au long de sa vie, Franck n'avait côtoyé que des jeunes qui aspiraient à une carrière militaire, donc qui ne correspondaient en aucune manière à ce genre d'individus qui traînaient le pavé à longueur de journée.

Le lendemain, Franck était de nouveau à Quimper pour observer son homme. Il le retrouva aux alentours de la gare, accompagné de ses camarades qui visiblement ne travaillaient pas non plus. De quoi vivaient-ils, ces marginaux ? « De trafic, pensa Franck, sûrement de la drogue. »

Il fit très attention à ce que ces derniers ne le repèrent pas en changeant de place assez souvent, mais à l'évidence, les jeunes ne s'occupaient que des gens qui passaient à leur portée pour leur quémander de l'argent ou une cigarette. Franck observa que son homme ne participait pas au « quémandage », il restait toujours assis au milieu de sa troupe. Cela lui parut bizarre.

Il revint les observer tous les deux jours, pendant deux semaines. Toujours et tous les jours, ils étaient là. Un jour, il comprit leur système de trafic : parfois, quelqu'un s'arrêtait comme pour faire la conversation sans avoir au préalable été agressé ou appelé. Là, au bout d'un temps très court, son homme se levait et partait derrière le mur de la gare de marchandises, comme pour aller soulager un besoin naturel. Le passant restait avec les autres, son homme revenait au milieu du groupe après un temps assez court. Franck ne pouvait voir ce qui se passait, étant placé trop loin, mais il se douta qu'il s'agissait de vente de drogue.

Dès que la nuit arrivait, un grand nombre de personnes s'arrêtaient et repartaient après l'arrêt au milieu du groupe qui devenait comme un mur, un paravent à ce trafic tenu par son homme.

Un autre jour, il ne trouva que les jeunes près de la gare, son homme était absent. Il attendit tout l'après-midi, mais ne le vit pas. Des passants s'arrêtaient, mais personne n'allait derrière le mur de la gare, et ils repartaient immédiatement en faisant un salut de la main. Franck pensa qu'il s'était absenté pour aller acheter sa marchandise. Il se rappelait la conversation avec la dame du magasin, qui lui avait dit : « Ils l'attendent quand il n'est pas là. »

Il réapparut deux jours plus tard. Toujours le même manège bien huilé. Sans une observation obstinée, personne ne pouvait deviner l'existence d'un trafic de drogue. Au premier regard, on ne voyait que des jeunes en marge de la société tapant une cigarette ou une pièce à des passants. La police municipale passait même de temps en temps pour leur demander de se tenir correctement et de faire moins de bruit. Les policiers se disaient : « Là, au moins, on sait où les trouver, et en plus, ils ne sont pas bien méchants. » C'était un plan très élaboré par ces trafiquants, être vus pour ne pas éveiller les soupçons. « Moins tu te caches, moins tu es surveillé. »

Maintenant, Franck savait ce que faisait son homme, mais une chose lui tricotait l'esprit : quel était le rapport avec la mort de son fils ? Cela, il faudrait qu'il le sache, car c'était la seule chose qui l'intéressait, et leur trafic ne concernait pas Michel. De gré ou de force, il faudrait qu'il sache s'il y avait un rapport.

Ses absences inquiétaient un peu Thérèse qui lui demandait où il passait ses journées, car toutes ces surveillances lui prenaient beaucoup de temps, et il ne passait plus aussi souvent la voir. Il lui mentit, il s'inventa un nouvel ami qui habitait le Finistère, passionné comme lui par l'observation des oiseaux. Il se sentit obligé de potasser sérieusement le sujet, apprenant par obligation les noms des oiseaux qui viennent se nicher en Bretagne. Cela ne devint pas une passion, mais il apprit des choses qu'il ignorait sur les volatiles. Dans d'autres circonstances, il y aurait pris un grand plaisir.

Mais la seule chose qui le torturait était cette question : pourquoi et qui ?

Il prit une décision : il ne pouvait pas observer indéfiniment cet homme, cela ne le mènerait à rien, il devait passer à l'action. Son côté militaire le poussait depuis un certain temps, mais l'illégalité de son action l'avait freiné jusque-là. L'expression « de gré ou de force » flottait dans son cerveau. Au final, il décida que ce serait de force, car il ne voyait aucune autre solution. Il l'obligerait, même avec violence, à lui dire la vérité. Il était beaucoup plus fort que lui. Sous l'effet de la peur, l'autre lui dirait ce qu'il voulait savoir. Dans la marine, il avait appris à combattre. Même s'il n'était plus tout jeune, il lui restait une grande force physique, et il n'avait pas oublié les techniques du combat à mains nues. « Demain, je passerai à l'action », se dit-il intérieurement.

Il arriva en fin d'après-midi à Quimper. Il avait élaboré un plan de bataille digne d'un stratège militaire, préparé du matériel pour mener à bien sa mission. Avec sa force de caractère, il savait qu'il n'aurait pas de faiblesse devant son homme. Seule ombre au tableau : serait-il seul au moment de son rapt ? Il l'avait déjà suivi le soir, et chaque fois, il était rentré seul chez lui. Franck en avait déduit qu'il n'avait pas confiance en ses camarades. Quand il l'avait suivi, Franck avait remarqué qu'il rentrait directement, sans détour, tout en prenant soin de regarder s'il n'était pas suivi. On voyait qu'il se méfiait, il avait sur lui les revenus de son commerce de mort, il avait peur de se faire dépouiller. Il ne ressortait jamais une fois arrivé chez lui.

Franck gara sa voiture dans une rue où l'éclairage était faible le soir, il l'avait repérée d'avance, c'était par cette rue que passerait à coup sûr son homme. Il quitta sa voiture, de peur qu'un passant ou un habitant de la rue ne trouve bizarre qu'un homme reste des heures dans son véhicule à ne rien faire. Il fit en sorte de revenir au dernier moment.

Normalement, son homme rentrait vers les 22 heures, Franck avait le temps. Par sécurité, il alla vérifier que le trafiquant était à son poste près de la gare avec ses camarades. 20 heures, il lui restait deux heures à attendre avant l'action. Pour l'occasion, il s'était vêtu d'habits de couleur sombre et s'était vissé sur la tête une casquette sans signe distinctif : passer inaperçu était son but ultime.

Il se paya un repas léger dans un self, endroit de passage où personne ne regarde personne, pas même son voisin de table : rester incognito était son objectif. Vers 21 h 30, il passa devant la gare, son homme était encore là. Il se rendit sans empressement vers sa voiture, le moment attendu arriverait bientôt, maintenant, il ne pouvait plus reculer.

Franck n'eut pas très longtemps à attendre. Dans son rétroviseur, il vit son homme approcher. De sa rapidité dépendrait le succès de l'opération, il avait tout calculé. Dès que son homme dépasserait la portière avant de la voiture, il sortirait rapidement et l'assommerait à l'aide d'une matraque faite d'un gros câble électrique de gros diamètre pour que l'homme ne soit pas blessé mortellement. Puis il le mettrait dans son coffre, qu'il avait préalablement entrouvert, refermerait le coffre et partirait le plus vite possible. Il prendrait alors la route en direction de Lorient par la nationale, cette route étant la moins utilisée depuis la création de la voie express.

Tout se passa comme il l'avait espéré. Le bougre ne vit rien venir. Au volant de sa voiture, Franck se disait qu'il devait bien dormir pour l'instant, mais qu'il faudrait qu'il s'arrête pour l'attacher et le bâillonner avant Lorient, afin d'éviter qu'il bouge ou fasse du bruit. Cela le stressa un peu, mais les questions qu'il avait à lui poser étaient primordiales : savoir s'il avait quelque chose à voir avec la mort de son fils. Surtout, il ne fallait pas que son captif connaisse son visage.

Il s'arrêta dans un chemin en pleine campagne, tous feux éteints, descendit de sa voiture. Aucun bruit. Malgré tout, son cœur battait la chamade, c'était la première fois qu'il donnait dans l'illégalité. Ce n'était pas de la peur, mais une forme d'appréhension qu'il avait en lui. Il ouvrit le coffre, l'homme semblait dormir (surtout, qu'il ne se réveille pas maintenant !). Il lui attacha les mains et les pieds solidement, à l'aide d'une cordelette : aucune crainte qu'il se détache, les nœuds marins étaient sa spécialité. Il lui enfila une cagoule avant de refermer le coffre. Rassuré, il reprit la direction de Lorient.

Franck savait exactement où il devait se rendre pour interroger son captif, le seul doute portait uniquement sur le fait que ce dealer n'avait peut-être rien à voir avec la mort de son fils. Cette pensée lui parut stupide, le doute n'était pas permis, tout n'était qu'une histoire de drogue, dans ce milieu. La vie d'un homme y était secondaire. Michel avait été assassiné à la place d'un autre, et c'était sûrement celui qui était dans son coffre. Et si, malgré tout, celui-ci n'avait rien à voir avec son malheur, il était un voyou, un vendeur de drogue qui méritait bien plus que d'être assommé.

Minuit, c'est ce qu'indiquait la pendule de sa voiture quand il arriva à l'entrée de Lorient. Il sortit de la voie express, direction Lorient nord, Bois-du-Château, cité de HLM où logeaient beaucoup d'immigrés venus de Turquie et d'Afrique du Nord, venus remplacer petit à petit les relogés d'après-guerre qui avaient vécu en baraquements pendant la reconstruction de la ville. Il traversa la cité rapidement et arriva à un endroit nommé Kerdual, une usine fermée depuis longtemps et qui finissait de pourrir, un ancien abattoir où tant de gens avaient travaillé.

Un café très connu des fêtards lorientais était placé à l'angle d'une rue et d'un chemin de terre. Ce café avait un nom spécial, *La Pâtée qui saoule*, et n'était ouvert que la journée. C'est sur ce chemin que Franck s'engouffra en voiture, il savait où cela le mènerait. Deux kilomètres dans les trous et les bosses. Par chance, il n'avait pas plu et le chemin était relativement sec. C'était une sorte de cul-de-sac qui conduisait à une propriété de la Marine nationale délaissée depuis de nombreuses années, une base remplie de blockhaus qui avait servi de dépôts de munitions. Une grande grille cadenassée fermait l'entrée, mais c'était sans compter le nombre de trous laissés dans le grillage par les jeunes qui venaient y faire la fête.

Franck était arrivé sans encombre. Il descendit de la voiture en laissant le moteur au ralenti, prit une pince-monseigneur qu'il avait eu soin d'apporter pour couper la chaîne qui fermait la grille. Pas de bruit, pas âme qui vive, il se savait tranquille dans ce lieu, la nuit. Il poussa la grille, cela fut difficile, les herbes, la nature avaient repris leurs droits depuis longtemps. Il rentra la voiture et la gara sous un hangar, puis repartit rapidement refermer la grille pour plus de sûreté. Il arrivait que le chemin serve aux rencontres amoureuses champêtres la nuit, mais en semaine et à cette heure, il était pratiquement sûr que personne n'y viendrait.

À l'aide de sa torche, il inspecta les lieux. Ce qui l'intéressait était un ancien bureau placé derrière le hangar. Ce lieu, même éclairé, était invisible de l'extérieur. Il retourna près de sa voiture, son captif devait s'être réveillé, car sa voiture bougeait légèrement. Cela le contraria, il l'aurait préféré inanimé pour le porter dans le bureau. Il ouvrit le coffre, la lueur de l'ampoule éclaira l'homme qui se tortillait comme un ver. Franck le prit par le col de son manteau et par ses chevilles, et le bascula sans ménagement sur le sol. L'homme gigotait lamentablement à ses pieds. Sans le moindre mot pour lui, Franck l'attrapa et le chargea sur son épaule, il ne pesait pas bien lourd. Sa torche dans une main et l'autre tenant fermement son colis, il se dirigea vers le bureau. Là, il le déposa sans douceur sur le sol bétonné, où de nombreux gravats traînaient.

Franck l'éclaira et resta un moment à le regarder. Il se demandait par quelles questions commencer, s'il devait lui enlever son bâillon maintenant ou plus tard. Il l'adossa contre une caisse et se plaça derrière lui, il lui laisserait le bâillon pour l'instant.

Il lui posa la première question en l'informant qu'il devait répondre par un signe de tête, oui ou non. Question dont Franck connaissait la réponse, une sorte de test pour voir si l'homme serait coopératif ou pas.

« Tu t'appelles Kerbouil, exact ? »

Signe de tête : oui.

« Tu sais pourquoi tu es là ? »

Signe de tête : non.

Franck ne voyait pas la figure du garçon, mais il devinait qu'il devait crever de trouille, cela lui arrangeait bien les choses. Il lui promit de lui enlever son bâillon s'il ne se mettait pas à gueuler comme un sourd, tout en lui expliquant que personne ne pouvait l'entendre où ils se trouvaient et que si l'envie le prenait de crier, il recevrait la raclée de sa vie. Le garçon fit oui de la tête, comprenant sûrement qu'il n'était pas en position de discuter. Il s'était déjà retrouvé dans des galères, mais celle-là lui semblait la pire, et il se demandait qui était cet homme et ce qu'il lui voulait. Ce n'était sûrement pas un de ses fournisseurs, eux ne prenaient pas de précautions : tu leur jouais un mauvais tour, ils t'attrapaient, te frappaient, et t'expliquaient qu'il fallait suivre les règles, que sinon un grand malheur tomberait sur toi.

Franck passa derrière le garçon et le débâillonna en lui ordonnant de ne pas se retourner, et de regarder devant lui. Puis il lui demanda d'une voix ferme :

« Tu as compris ?

— Oui, pas de problème.

— Ton prénom, c'est quoi ?

— Arnaud.

— Bon, Arnaud, tu vends de la drogue à Quimper près de la gare, tu habites rue des Capucins. Comme tu vois, je sais des choses sur toi. Mais je veux savoir si tu mets les pieds à Lorient, de temps en temps.

— Oui, ça m'arrive, mais ça fait un moment que je n'y suis pas allé. Pourquoi vous me demandez ça ?

— Arnaud, c'est moi qui pose les questions, contente-toi de répondre. Si tu me donnes toutes les réponses que je veux, je te promets qu'il ne t'arrivera rien et que tu seras libre comme un oiseau. »

Franck voulait établir, malgré les circonstances, un climat de confiance, car la situation le gênait. Il n'était pas un voyou ni un flic à la Belmondo, il n'avait jamais été un adepte de la violence à tout prix.

« Arnaud, as-tu eu des ennuis au point que quelqu'un ait voulu te tuer ? »

La question était posée. La réponse viendrait-elle étayer sa conviction ou ce garçon n'avait-il rien à voir dans son malheur ? Franck était impatient d'entendre ce qu'il avait à dire à ce sujet.

« Réponds vite, de ta réponse dépend ta vie, je ne rigole pas !

— Ben, oui, monsieur, répondit Arnaud d'une voix tremblotante, j'ai eu quelques ennuis, mais maintenant, je suis clair, ça s'est arrangé.

— Comment ça, arrangé, explique-moi ça, c'est une affaire de drogue ?

— Je vais tout vous dire. En début d'année, je devais un paquet de sous à un de mes fournisseurs de came, il voulait me crever, c'est ce qu'il m'a dit. J'avais peur de lui, et quand je suis venu le payer après quatre jours, il m'a dit : "Toi, tu as du bol, par contre, il y a un mec qui n'a pas eu de chance, il a morflé à ta place. Dommage pour lui."

— Tu sais qui a morflé à ta place, comme tu dis ?

— Non, je n'ai pas demandé d'explication. Moi, j'ai payé, et tout est rentré dans l'ordre, surtout qu'il m'a averti : "Fais le con et ça sera ton tour."

— Arnaud, tu vas me donner le nom de ton fournisseur.

— Non, ça, je ne peux pas, si je le dis, moi, je suis mort, ce mec-là, il ne rigole pas !

— Si tu ne dis rien, c'est moi qui te tue et pas demain, tout de suite !

— Eh, monsieur, moi, j'ai rien fait.

— Ce n'est pas la question. Tu me donnes son nom et l'adresse où je peux le trouver, il ne saura jamais que ça vient de toi, tu n'es pas le seul vendeur de merde dans le coin avec qui il fait affaire. Allez, accouche, où ça va mal se passer. Dès que j'ai la réponse, tu es libre et tu n'entendras plus jamais parler de moi.

— Bon, d'accord, je n'ai pas le choix, et en plus, c'est un gros con que je ne peux pas sacquer.

— Son nom ! Tes histoires d'amitié, je m'en fous complètement !

— Il s'appelle Robert de La Grange, son adresse je ne la connais pas, mais il loge dans une grosse baraque sur la côte, à Concarneau près du phare. C'est tout ce que je sais, monsieur. »

Franck savait maintenant pourquoi était mort son fils et qui l'avait tué. Il ne lui restait qu'à trouver ce Robert et à faire justice lui-même, car sa haine était aussi grande que sa peine.

« Bon, Arnaud, comme je te l'ai promis, je vais te libérer, mais si tu m'as menti, je te jure que tu n'auras plus l'occasion de mentir à qui que ce soit. Je sais où te trouver, et même si tu changes de région, je passerai ma vie à te traquer, as-tu bien compris ?

— Oui, pas de problème, monsieur, je ferai ce que vous me direz, mais ne dites pas à Robert que c'est moi qui vous ai donné son nom, ce mec est un taré ! »

Franck se rapprocha d'Arnaud par-derrière et lui assena un coup de matraque, ce qui l'endormit immédiatement. Il lui remit son bâillon et le redéposa dans le coffre de sa voiture, puis il ressortit son véhicule et remit en place portail et chaîne. Il ne s'était jamais rien passé dans cet endroit.

Il prit la route du Finistère par la nationale, il était 2 heures du matin. Son interrogatoire avait été rapide, il ne lui restait plus qu'à laisser son colis dans un endroit discret. Quand il se réveillerait, il ne saurait jamais qui l'avait enlevé et interrogé, ni où cela s'était produit, et encore moins où il se trouvait. Franck le déposa sur la route de la côte, derrière un talus, pour que personne ne le voie en passant en voiture. Il lui enleva ses liens, son bâillon. Remonta dans sa voiture et prit la route qui menait jusque chez lui en pensant à Arnaud, qui ne tarderait pas à se réveiller, vu le froid qu'il faisait. Mais voilà, ce garçon était un vendeur de drogue, qui était, sans le vouloir, responsable de la mort de son fils. Aussi, il pouvait attraper froid, Franck s'en fichait.

Chapitre 3
Celui qui se croyait intouchable

Quand Franck se coucha, il était déjà 4 heures du matin. Dans sa tête tournait une question : pourquoi ne pas aller voir son ami, le chef de la gendarmerie, pour lui raconter les résultats de son enquête, et laisser faire la justice ? Ce Robert serait arrêté et sûrement condamné à une lourde peine de prison.

Mais plus il y réfléchissait, moins le fait de le voir en prison lui semblait plausible : comment prouver qu'il était l'assassin ? Tout se baserait sur le témoignage d'Arnaud qui n'avouerait jamais lui avoir révélé le nom et l'histoire d'un homme qui avait payé pour un autre. La peur de ses fournisseurs de mort serait plus forte que tout. Comment expliquer son geste d'agression, son rapt avec violence ? Il y avait des chances que ce soit lui qui finisse en prison.

Franck décida qu'il ne pouvait donc que faire justice lui-même, lui seul, et que cette loi du talion implacable, œil pour œil, dent pour dent, devait être sa raison de vivre désormais. Il finit par s'endormir dans un monde peuplé de cauchemars.

Le téléphone sonna, ce qui eut pour effet de le réveiller. Un coup d'œil sur le réveil lui indiqua 11 heures. Il attrapa le combiné et décrocha. C'était sa sœur :

« Franck, viens manger ce midi, j'ai fait un civet avec le lièvre que m'a donné le voisin.

— Je me lève, je prends un café, une douche et pour midi trente, je serai là.

— Bien, à tout à l'heure. »

Franck était malgré tout de bonne humeur. Le fait de savoir l'avait libéré, et c'était pour cela qu'il était heureux de déjeuner en famille, mais aussi parce qu'il adorait sa sœur plus que tout. Il arriva à l'heure, mangea de bon appétit le fameux lièvre, et resta une bonne partie de l'après-midi à papoter avec sa sœur et son beau-frère qui l'étonnait de plus en plus.

En fin de journée, il rentra chez lui. Il avait besoin d'être seul et de réfléchir. Il lui faudra trouver ce Robert, connaître tout ce qu'il était possible de trouver sur lui, sur ses habitudes, refaire ce qu'il avait fait pour Arnaud. Cette première expérience d'espionnage lui avait enseigné quelques petits trucs utiles, mais il était vrai qu'avec Arnaud, cela avait été aisé : on le trouvait toujours au même endroit. Ce Robert devait avoir une vie moins facile à espionner.

Il ouvrit son PC et tapa sur Facebook : « Robert de La Grange ». Ils ne devaient pas être nombreux à avoir un nom comme cela. Une pub apparut sur son écran, avec en son milieu le logo d'une société de bâtiment, construction, vente, achat de biens située dans la ville de Concarneau. Décidément, ce site lui évitait de chercher l'adresse de cet homme, on y voyait les numéros de téléphone de la société et un plan pour s'y rendre. S'il s'agissait bien de son homme, celui-ci semblait avoir une bonne situation, rien à voir avec le portrait qu'Arnaud lui en avait dressé.

Il décida que dès le lendemain, il passerait devant les bureaux, pour voir si la plaquette publicitaire du site correspondait à la réalité. Entrer dans les bureaux ne lui parut pas une bonne idée, il ne voulait pas être vu, être connu de cet homme. Il devait le surveiller dans l'incognito le plus total. « Mon jour viendra », se dit tout bas Franck. Trouver sa maison d'habitation serait normalement facile, une belle demeure auprès d'un phare, il ne pouvait pas y en avoir beaucoup, et les boîtes aux lettres sont souvent pourvues du nom de famille des habitants. Il fallait rester discret, se promener dans la rue comme un touriste en jetant un œil sur les boîtes, cela ne pourrait être soupçonnable, pensa Franck. Demain serait le commencement de sa quête. L'espoir de vengeance qu'il nourrissait prenait forme, rien ne l'empêcherait de découvrir la vérité.

Le lendemain, comme prévu, Franck passa devant les bureaux, qui ressemblaient à la photo sur le Net. Ils étaient placés dans le centre-ville de Concarneau, dans la rue principale qui descendait vers la ville close, ancien bastion militaire construit par Vauban, et qui désormais renfermait des échoppes d'artisans d'art et des restaurants, ainsi qu'un musée de la Marine à voile, où grouillaient pendant la saison d'été des milliers de touristes. Le port de pêche le bordait sur sa droite avec des chantiers navals pour les réparations au bout des quais.

Il circula en longeant la côte en direction du phare, ce dernier était indiqué par des panneaux d'information portant le sigle des sites remarquables. Dix minutes plus tard, Franck se gara sur un parking, non loin du phare. Il n'y avait que de jolies maisons à cet endroit. Ce coin de la ville était réservé à la bourgeoisie locale ou à des touristes qui possédaient de bonnes situations et avaient investi dans de belles demeures en tant que résidences secondaires.

« Il me faudra un moment pour trouver la bonne maison », se dit-il, car il n'avait aucune idée d'à quoi pouvait ressembler celle qu'il cherchait. Suivant son idée de boîtes aux lettres, il regarda les noms inscrits, mais le plus souvent, rien n'était marqué, pas de nom, aucune indication. Il déambula dans plusieurs rues en faisant confiance à la chance quand celle-ci se présenta devant lui : un homme vêtu de bleu portant sur son blouson le sigle de La Poste, qui poussait son vélo de service. Franck s'avança vers lui et une fois à sa hauteur, lui demanda le plus simplement du monde s'il connaissait un M. de La Grange qui demeurait dans le quartier.

« Bien sûr, monsieur, il habite près du phare.

— J'ai rendez-vous avec lui, mais j'ai omis de noter son adresse.

— Vous êtes dans la bonne rue, c'est au 12. La grande maison en pierre qui a un grand mur de clôture en granit. De la rue, on ne voit que les toits. Bonne journée, monsieur. »

Franck se dit qu'il avait eu de la chance. Tout en marchant tel un promeneur vers le 12 de la rue, il se rendit compte que l'on ne pouvait voir ni la maison ni le jardin, le mur d'enceinte étant très haut, et l'ensemble étant clos par un énorme portail électrique. Sur le côté, il vit une sonnette visiophone, et en levant la tête, il aperçut une caméra placée en haut du mur. Cette demeure ressemblait à une forteresse.

Marchant un peu plus loin, il arriva au pied du phare. Des panneaux d'information indiquaient que des visites guidées se déroulaient tous les samedis après-midi à 15 heures et que le temps de la visite était de trente minutes. Le prix était indiqué : dix euros plus un supplément photo de trois euros. Il fallait s'inscrire pour la visite auprès du syndicat d'initiative qui se trouvait sur le port.

Franck ne resta pas à traîner, il n'était pas dans le coin pour admirer l'endroit. Il se dirigea vers sa voiture en pensant à la bonne idée qu'il avait en tête. Il s'arrêta devant le syndicat d'initiative et s'inscrivit pour la visite du samedi suivant. Il paya pour la visite et aussi pour le supplément photo, prit ses tickets et ressortit en saluant la dame préposée aux billets. Il avait hâte d'être à samedi.

Il restait deux jours à attendre pour la visite. Se reposer, ne rien faire ne lui paraissait pas la bonne formule, il préférait rester actif, être dans l'action, stimuler ses méninges pour trouver comment réussir à capturer ce Robert, le capturer comme on le fait avec un fauve. Après, il lui faudrait l'abattre, le punir par la mort pour ce qu'il avait fait. Surtout ne pas avoir ou ressentir de pitié, il ne le méritait pas, il avait brisé sa vie, celle de sa sœur, en tuant un innocent. Tout son argent ne saurait racheter la vie de son fils unique, il perdrait tout, y compris sa vie.

Franck descendit faire un tour à Quimper le lendemain après-midi, il voulait voir si Arnaud avait repris son trafic à côté de la gare. Il passa sans s'arrêter, un rapide coup d'œil l'informa qu'il avait bien repris ses habitudes. Il en déduisit que de ce côté, il ne craignait rien. Ce voyou n'irait pas à la police pour se plaindre d'avoir été kidnappé pour le motif qu'il vendait de la drogue, par un inconnu qui l'avait emmené de force dans un endroit tout aussi inconnu. Il ne pouvait pas non plus en parler avec son fournisseur, pour lui ce serait la mort assurée. Dans ce milieu, la vie d'un homme n'avait pas d'importance, seul le profit comptait. Ils inondaient la terre de leurs produits de mort.

Franck rentra à Guidel animé d'une détermination qui ne s'arrêterait qu'une fois sa quête de justice achevée. Tout son être, tout son esprit étaient accaparés par l'ultime punition mortelle. Ce soir-là, il regarda un vieux film de Charles Bronson qui passait à la télévision, *Un Justicier dans la ville*. Était-ce un clin d'œil à sa résolution ? Un hasard de la programmation télévisuelle. Franck pensa qu'il était un héros des temps modernes, il ne voyait en lui pas l'ombre d'un assassin. Il se coucha et rêva cette nuit-là qu'il était devenu ce justicier.

Concarneau, samedi, 15 heures, il était prêt pour la visite. Ils n'étaient pas nombreux, cinq personnes plus le jeune qui détenait les clés du phare. Sur l'épaule, en bandoulière, Franck portait un appareil photo, tel le touriste moyen. Il salua tout le monde et échangea quelques mots sur la beauté de la région, puis il déclara qu'il avait hâte de photographier ce coin et insista sur le panorama magnifique et sur le raffinement des belles demeures, qu'il pourrait voir et immortaliser du haut de ce phare. Il était sûr qu'on le prenait pour un touriste en quête de clichés.

La vue était extraordinaire, Franck y prit, malgré la raison de sa visite, beaucoup de plaisir. Le jeune guide resta assis sur la dernière marche à lire un bouquin, Franck fut de ce fait tranquille pour prendre beaucoup de photos de la maison qui l'intéressait. Il prit aussi, pour son plaisir, quelques clichés de la côte environnante. Il remarqua qu'à l'arrière de la maison, une petite fenêtre était entrouverte, mais nota aussi l'absence de véhicule dans la propriété. Son regard tomba sur un gros chat noir qui sortait par la fenêtre. « Voilà la raison de cette fenêtre entrouverte : le chat. » Il rangea ce détail dans sa mémoire, ne sachant pas encore si cela lui servirait un jour. La visite se termina une demi-heure plus tard et ils descendirent tous par l'escalier de pierre en colimaçon.

Ils se saluèrent tout en parlant de la beauté du site. Franck rejoignit sa voiture, il avait hâte de revenir chez lui pour transférer ses clichés sur son ordinateur afin de pouvoir les étudier.

Dès qu'il arriva chez lui, il chargea ses clichés. Il en fut assez content, mais ne découvrit rien qui pourrait lui être utile, à part sur le cliché de la fenêtre à l'arrière de la maison : on y voyait le chat noir assis sur son rebord. Les autres clichés étaient superbes, mais pas utiles à sa mission. Une idée lui vint à l'esprit, mais elle comportait un très gros risque : pénétrer dans la maison et poser un microémetteur discrètement serait le moyen d'entendre ce qui se passait dans une des pièces. Pendant sa période militaire, il avait appris tous les rudiments des systèmes d'écoute, et il lui restait du matériel. Mais comment passer ce mur de clôture ? Il regarda de nouveau les photos et découvrit un gros arbre adossé au mur à l'extérieur, détail qui lui avait échappé jusqu'alors, mais qui comportait maintenant une très grande importance.

Franck élabora un plan d'action. Mais comment être sûr que la maison serait vide quand il se déciderait à poser son matériel ? De la rue, on ne voyait pas l'intérieur de la propriété, ni s'il y avait une voiture garée ou pas. Il n'y avait que du phare qu'il pourrait le savoir. Il lui faudrait reprendre une visite et une fois celle-ci finie, s'il ne voyait pas de voiture et que la fenêtre était toujours entrouverte, prendre le risque de pénétrer dans la maison en passant par l'arbre. Pour éviter que le guide soit surpris de sa deuxième visite, il prétexterait le fait qu'il avait oublié d'introduire la carte mémoire de son appareil photo et qu'il ne pouvait quitter la région sans ces clichés. Demain, il lui faudrait reprendre un ticket pour le samedi après-midi suivant. Son plan comportait une grosse part de chance. Si cela ne fonctionnait pas, il lui faudrait chercher une autre solution.

La semaine fut longue pour Franck : visite chez sa sœur, un peu de rangement chez lui et surtout, il prit le temps de vérifier le fonctionnement de son matériel d'écoute, qui n'était pas un modèle récent. Après quelques essais, Franck put se rendre compte qu'il fonctionnait parfaitement. Il en profita aussi pour potasser de la documentation sur les postes de réseau téléphonique, au cas où il aurait besoin de se connecter pour écouter les appels reçus ou émis sur la ligne fixe de la maison. Il acheta une dizaine de mètres de fil et des petites pinces crocodile, passa dans une boutique de déguisements et acheta un costume d'agent du téléphone, car pour passer inaperçu, autant avoir l'apparence d'un employé. Un ancien poste téléphonique qui traînait dans son garage devrait faire l'affaire. Il rangea le tout dans un sac à dos de couleur sombre. Ne restait plus qu'à attendre le samedi pour mettre en œuvre son plan, en espérant que la chance serait au rendez-vous.

Il arriva pile à l'heure pour la visite du phare. Il n'eut pas à donner d'explication, car ce n'était pas le même guide. « C'est très bien », se dit-il. Il s'était vêtu d'une tenue sportive, baskets et jogging à capuche. Sur son dos, son sac avec son matériel. Il avait préalablement sorti son appareil photo, n'ayant pas envie que quelqu'un puisse voir ce que contenait son sac. Comme la dernière fois, arrivé en haut, le guide se désintéressa des clients et s'occupa, le temps de la visite, à jouer sur son téléphone. Franck prit de nouvelles photos, mais ce qui l'intéressait, c'était cette fameuse fenêtre et si un véhicule était garé dans la propriété. Pas de véhicule en vue, fenêtre ouverte, pas de chat non plus. De celui-ci, Franck se moquait, quoique sans lui, le plan ne pouvait se faire, aussi il le remercia intérieurement. Une demi-heure plus tard, tous les visiteurs étaient en bas du phare.

Franck attendit cinq minutes avant de longer le mur de clôture, il craignait qu'un visiteur le voie partir dans cette direction. Il s'arrêta un instant pour préparer son matériel d'écoute, bien à l'abri des regards. Il devait passer le minimum de temps à l'intérieur de la maison, en plein jour, et comme il ne connaissait pas les lieux, c'était très risqué.

Arrivé au grand arbre, il rabattit sa capuche sur sa tête, enfila une paire de gants et y grimpa le plus rapidement possible, puis il sauta dans la propriété. Une fois à terre, il jeta un coup d'œil pour le retour. De l'intérieur, on pouvait facilement toucher le haut du mur. Il piqua un sprint jusqu'à la fenêtre, la poussa et bascula son corps à l'intérieur de la maison. Son cœur battait la chamade, jouer au voleur n'était pas dans ses habitudes. Il se trouvait dans une buanderie. Doucement, il ouvrit une porte qui communiquait avec la cuisine, elle-même ouverte sur une grande salle. D'un regard, il aperçut une plaquette en cuivre sur une porte comportant le mot « bureau ».

Il y pénétra. Un grand bureau était placé en son milieu, avec derrière lui de multiples étagères remplies de documents. Franck ouvrit son sac, attrapa son microémetteur et le plaça en haut, sur la dernière étagère. On ne pourrait pas le trouver (sauf par malchance). De la grosseur d'un haricot, il était à peine visible.

Vite ! Repartir, refermer le bureau, traverser la cuisine et ressortir par la fenêtre de la buanderie ! En traversant la pelouse en direction du mur, Franck croisa le chat. « Celui-là ne dira rien à son maître », pensa-t-il en s'agrippant au mur. Il sauta dans l'arbre et redescendit rapidement. Une fois à terre, il enleva ses gants, releva sa capuche. Si, par hasard, on le voyait maintenant, il avait l'apparence d'un promeneur. Ne pas traîner dans le coin, bien qu'il n'y eût plus de risque, tout s'était déroulé au mieux. Il en oublia la peur qu'il avait eue de se faire prendre. Quelle explication aurait-il donnée, d'autant qu'il était sûr d'avoir affaire à des trafiquants de drogue ? Ces gens l'auraient tué comme ils avaient tué son fils. Il rejoignit sa voiture et prit la direction du premier bar, car il avait vraiment besoin d'un remontant.

Il traîna dans la ville close, car maintenant il lui fallait patienter pour voir si son micro lui donnerait satisfaction. Il prit la décision de revenir sur le parking du phare vers 21 heures. Son rayon d'action était d'environ un kilomètre, ce qui lui permettrait de changer d'endroit d'écoute – car rester garé seul sur le parking du phare le soir pourrait être suspect. La police, en faisant une ronde, pourrait lui demander ce qu'il faisait là, et la discrétion était ce qu'il désirait le plus.

Il revint comme il l'avait prévu vers 21 heures, et se gara tous feux éteints. Il alluma son récepteur et, muni de ses écouteurs, il attendit un hypothétique coup de téléphone. Il lui fallut patienter dix minutes avant d'intercepter un appel. Il entendit de façon claire et nette, comme s'il était dans la pièce. Un homme parlait d'investissement dans un projet immobilier, ce qui n'avait aucun intérêt pour Franck.

Puis l'homme déclara à son interlocuteur que son fils, Robert, lui donnait des soucis, qu'il ne savait comment remédier à la situation, et qu'il ne le voyait pas travailler dans sa société tant qu'il se comportait si mal. La conversation n'eut plus aucun intérêt après ça. L'homme raccrocha. Franck se dit qu'il ne lui était plus utile de rester là, il en avait appris beaucoup. L'existence d'un fils qui se comportait mal, qui était en âge de travailler, qui donnait des soucis à son père, peut-être était-ce lui, le fournisseur d'Arnaud, un fils à papa qui vendait de la drogue pour vivre sans travailler et mener une vie de débauche. Cela lui paraissait très plausible. Il en déduisit qu'il y avait deux Robert de La Grange : le père et le fils. Maintenant, il lui fallait pister le fils maudit.

Pendant plusieurs soirées, Franck revint se poster non loin de la maison de Concarneau, en changeant de place à chaque fois, mais il n'y apprit rien de plus important qu'il ne sût déjà. Jamais il n'entendit une autre voix que celle du père, le fils ne devait jamais entrer dans le bureau. Il devait désormais savoir quelle vie menait le fils, dans quel endroit il pouvait le trouver, et qui étaient ses amis. Le vieil adage « qui se ressemble s'assemble » lui vint à l'esprit.

À force de faire le guet, il le vit un soir sortir de la propriété au volant d'une luxueuse voiture, une Porsche Cayenne noire, qu'il se mit à suivre avec prudence. La voiture se gara dans le centre-ville, où se trouvaient les bars branchés. Franck put enfin voir à quoi ressemblait ce Robert junior : une trentaine d'années, assez grand, habillé avec classe. « Le genre frimeur », se dit Franck en se garant à son tour un peu plus loin. Il prit la décision de le suivre dans l'établissement. Il passerait inaperçu, car à cette heure, le bar était sûrement bondé. De plus, il n'y avait aucune raison qu'il fasse attention à lui. Les touristes de passage étaient nombreux à cette période de l'année. Il pourrait à loisir le surveiller.

Ce bar avait la particularité d'être typique par sa décoration. C'est pour cette raison que les touristes y venaient. Le temps qu'il y resta, Franck vit des gens se prendre en photo, mais aussi photographier les lieux. Il pensa qu'il lui faudrait revenir avec un appareil photo pour que lui aussi prenne des clichés, et surtout pour faire en sorte que ce Robert soit dessus.

Franck revint quelques jours plus tard dans le bar, il prit des photos comme un touriste moyen, et photographia sans qu'il s'en rende compte Robert junior avec ses amis. Comme il devait faire partie des clients habituels, il avait sûrement l'habitude des photographes dans ces lieux. Franck ne resta pas à traîner dans le bar, il n'avait nulle envie de finir par être connu de Robert junior. Il rentra à Guidel, car pour l'instant, il ne voyait pas de moyen de kidnapper l'homme, et n'avait aucun plan pour la suite. Ne restait en lui que l'ultime obsession de tuer celui qui lui avait pris son fils.

À peine rentré, il imprima sur papier le cliché de Robert et le rangea dans son portefeuille, bien qu'il doutât qu'il puisse oublier son visage.

Le lendemain matin, il essaya une idée qui lui était venue en tête la nuit. Il descendit dans l'atelier de son sous-sol, alluma la chaîne hi-fi, et mit le volume à fond, puis il sortit dans le jardin et vérifia si le son de la chaîne était audible de l'extérieur. Rien, le silence. Ceci lui procura une grande joie. Car s'il arrivait à emmener Robert jusque chez lui, il ne voulait pas que ses voisins puissent entendre si ce dernier se mettait à gueuler. Côté visites, Franck était tranquille, car cela faisait bien longtemps que personne ne venait plus chez lui.

Il redescendit au sous-sol et se mit au travail : vider entièrement l'atelier, ranger tout ce foutoir. Il fixa au mur de l'atelier, à deux mètres du sol, deux crochets en métal à l'aide de ciment. Ce travail lui prit la matinée. En contemplant le résultat, il déduisit que si Robert était attaché là, il serait dans une posture très désagréable. Franck rêvait déjà de lui poser des questions, et la plus importante serait : pourquoi ?

Une fois qu'il se trouverait dans son sous-sol, la vie de ce fumier serait finie. Franck se dit que s'il était un jour découvert, il en assumerait les conséquences sans aucun remords. Il était mort, lui-même, à l'intérieur.

Plusieurs soirs d'affilée, il suivit Robert, cherchant à trouver de quelle façon il pouvait l'attraper. Le jeune homme fréquentait tous les bars branchés de la ville, mais surtout une boîte de nuit qui se situait sur le port, *Le Lapin blanc*. Un soir, il attendit plus d'une heure avant d'y entrer, il voulait être sûr qu'il y aurait assez de monde pour passer inaperçu. L'intérieur de ce lieu était classique pour ce genre d'établissement. Franck n'était pas entré dans une boîte de nuit depuis très longtemps. Musique trop forte à son goût, sans parler du genre musical, lumière minimaliste sauf au bar où il se commanda une vodka orange. Il repéra rapidement Robert qui était attablé avec toujours les mêmes amis. Deux bouteilles trônaient sur la table, une de whisky et une de cola, dans un seau à glaçons. Franck but son verre et ressortit. Décidément, il lui serait difficile de le trouver seul.

Un soir, il regardait la télévision où passait un reportage sur les viols de jeunes filles dans les soirées et dans les boîtes de nuit, avec l'aide de la drogue appelée GHB ou encore la « drogue du violeur ». Cette drogue annihilait toute résistance intellectuelle et avait pour effet de faire oublier tout ce qui s'était passé au cours de la soirée. Cela lui donna la solution pour embarquer Robert sans résistance. Il ne lui restait qu'à en trouver, ce qui serait difficile, puisqu'il n'avait aucune connaissance dans ce milieu. Une seule personne devait le savoir, son ami le chef de la gendarmerie. Demain, il irait le voir pour savoir s'il avait trouvé une nouvelle piste pour son fils, et dans la conversation, il lui parlerait de l'émission. Le gendarme lui dévoilerait peut-être des informations, sans pouvoir deviner les intentions meurtrières de Franck.

Le lendemain matin, Franck entra dans la gendarmerie et se dirigea directement jusqu'au bureau du chef qui, en le voyant, lui fit signe d'entrer.

« Bonjour, chef. Alors, des nouvelles ? Vous avez trouvé une piste ?

— Non, Franck, rien pour l'instant, mais on ne désespère pas. Un jour, le hasard… et je te jure que je t'avertirai immédiatement.

« — J'espère qu'avant de mourir, je saurai qui l'a tué !

— Franck, tu as le temps.

— Oui, c'est sûr, mais le savoir en prison me soulagerait.

— Je comprends.

— En parlant de salopards, tu as vu l'émission d'hier soir sur les viols de jeunes filles ?

— Oui, une plaie, cette saloperie de drogue.

— Oui, en effet. Mais où trouvent-ils cette merde, pas dans les pharmacies ?

— Non, Franck. On en a un à l'œil, un dealer sur Kervénanec, je crois qu'il trempe là-dedans, mais on n'arrive pas à le prendre.

— Tu l'arrêtes, et avec une bonne trempe, il avouera, ce fumier !

— Ah ! Si on avait le droit… Mais faut le prendre en flagrant délit ! Tu peux toujours perquisitionner chez eux, il n'y a jamais rien et tu les libères avec des excuses.

— Bon, chef, je te laisse travailler.

— Franck, bonne journée, courage, et le bonjour à ta sœur.

— Faut bien, la vie continue. Mais sans mon fils, le goût n'est plus là. »

Franck reprit sa voiture, tout en se demandant comment acquérir cette drogue. C'était la question. Il lui faudrait trouver une solution. Bien malgré lui, le chef lui avait donné des informations. Il descendit jusqu'à Lorient pour voir le quartier de Kervénanec. C'était une cité d'HLM classique, avec des tours de quatorze étages et des bâtiments en longueur de quatre étages. La vue de jour l'informa que c'était une cité relativement propre, avec de jolis espaces verts. En son milieu, un centre commercial, des bâtiments pour les services sociaux et des associations diverses, ainsi qu'un bar nommé *La Blanche Hermine*. Franck le connaissait de nom, mais n'avait jamais eu le loisir ni l'envie d'y entrer : il n'avait jamais rien eu à faire dans cet endroit de la ville. Il s'y arrêta et se rendit compte que c'était sûrement le lieu où se retrouvaient les habitants du quartier.

Le bar donnait directement dans le hall du magasin principal, là où se retrouvaient des groupes de jeunes, assis sur des bancs, qui discutaient bruyamment entre eux. Dans le bar, à une table ou au comptoir, beaucoup de vieux passaient leur temps à attendre la soupe du soir. « Un bar de quartier populaire, pensa Franck, où ceux qui ne travaillent pas viennent discuter avec leurs amis chômeurs ou retraités. » Il y but un café, attablé à l'extérieur, et n'y décela aucun trafic ou incivilité pendant la demi-heure qu'il y resta. Il pensa que, bien sûr, c'était à la faveur de la nuit que devait se dérouler le trafic, la vente de produits illicites.

Il rentra chez lui avec la ferme intention de trouver où et qui vendait de la drogue. Il avait un plan pour les appâter et pouvoir acquérir cette drogue, le GHB, car sans ce produit, pas moyen de se saisir de Robert. Il prendrait les risques qu'il fallait pour s'en procurer.

Le soir même, il revint dans la cité, vers 22 heures. Il roula lentement, cherchant un groupe de jeunes, il en trouva un sur les marches d'une tour. Il s'arrêta sans couper le moteur, et leur fit signe qu'il cherchait une adresse. Un jeune vint vers lui : la vingtaine, casquette sur le crâne, allure désinvolte.

« Bonsoir, monsieur, vous êtes perdu ?

— Non, pas du tout.

— Alors, vous cherchez quoi ?

— Je ne sais pas si je peux te le dire.

— Dites toujours, monsieur, on ne sait jamais.

— Voilà, je ne suis pas habitué, mais je voudrais acheter une barrette.

— Une barrette, il n'y a pas ça ici, monsieur !

— Bon, tant pis, c'est un ami qui m'a sûrement mal informé.

— Faut voir, monsieur, peut-être que dans une demi-heure, il y en aura. Si vous repassez, on ne sait jamais.

— Bon, d'accord, je repasserai.

— Si vous repassez, prenez la rue derrière la tour.

— Oui, comme tu veux, à tout à l'heure. Faut combien d'argent ?

— Soixante, monsieur.

— Ça marche. »

Franck démarra en se disant que cela avait l'air de marcher, que cela lui coûterait cher, mais tant pis, sa vengeance n'avait pas de prix.

Une demi-heure plus tard, il s'engagea dans la rue à l'arrière de la tour en roulant au ralenti, il espérait que le jeune y serait. Arrivé à la hauteur de la tour, le jeune le stoppa. Franck ouvrit à moitié sa vitre, n'ayant qu'une confiance limitée en ce quartier – il pouvait se faire dépouiller sans que personne ne vienne à son secours. Le jeune se mit à la hauteur de la vitre et lui demanda :

« Vous avez ce qu'il faut ?

— Oui.

— Alors, faites vite ! »

Franck lui tendit l'argent, le jeune lui donna une barrette enroulée dans du papier aluminium.

« Ne restez pas là, monsieur. »

Il démarra rapidement, tout en se demandant s'il ne s'était pas fait avoir, il n'y connaissait rien, dans ce produit. Il rentra chez lui et examina la barrette. C'était une résine marron-noir. Franck alluma son PC et se mit à la recherche d'une information sur ce produit. Savoir de quelle façon l'utiliser ne lui servirait jamais, mais il lui fallait au moins le savoir. Sur un site, les explications données étaient excellentes et il s'aperçut qu'il était détenteur du bon produit, et que le jeune avait été correct, sauf pour le prix. Mais cela n'avait aucune importance. Le contact était pris pour l'instant. Son idée était de lui acheter plusieurs barrettes dans les deux mois qui suivaient et un jour, de lui demander s'il pouvait lui trouver du GHB. Le site Internet donnait même le prix de toutes les drogues que pouvaient acheter les consommateurs dans la rue, ainsi que des informations médicales sur leurs effets. Et bien sûr, il recommandait de ne pas les consommer.

Au cours des deux mois qui suivirent, Franck passa quatre fois acheter cette merde de drogue. Son vendeur le voyait désormais comme un client habituel. La transaction se faisait pratiquement sans qu'ils aient à discuter. Franck passait devant la tour, un signe de la main discret, il ne lui restait qu'à faire le tour du bâtiment et l'affaire se réglait. Au bout de deux mois, au cours d'un nouvel achat, il lui demanda s'il pouvait lui trouver du GHB. À son air, Franck vit qu'il était surpris. Mais il lui proposa de revenir dans quatre jours, et lui demanda le prix. Le jeune dealer le proposa à cent euros, Franck accepta tout en pensant que ce stratagème commençait à lui coûter cher. Mais il n'avait pas le choix s'il voulait mettre son plan en route pour piéger Robert junior.

Quatre jours plus tard, il se retrouva en possession de la drogue du violeur, désormais, il n'aurait plus affaire à ce jeune vendeur de drogue. Les risques étaient énormes de se faire prendre par son ami le chef de la gendarmerie, et il aurait beaucoup de mal à lui mentir en avouant qu'il consommait cette merde, lui qui ne fumait même pas, et plus encore pour lui expliquer son dernier achat. Il n'osait imaginer ce qu'il aurait pensé de lui. Mais jamais il ne lui avouerait le but de son dernier achat.

Maintenant, il lui suffirait d'approcher Robert junior, cela ne serait certainement pas facile, mais Franck savait où le trouver. Il connaissait tous les endroits où ce fumier allait le soir, il les fréquenterait jusqu'à ce que la chance lui sourit et qu'il puisse, le moment venu, lui faire prendre, sans qu'il le sache, la drogue GHB. En espérant que les explications du Net auraient les effets escomptés.

Tout se ferait dans la boîte de nuit *Le Lapin blanc* à Concarneau. Franck décida qu'il en deviendrait un client assidu tant qu'il n'aurait pas réussi à le coincer. Le seul souci était de savoir si ses amis étaient toujours avec lui ou si parfois, il y venait seul. L'avenir proche lui indiquerait si tel était le cas. En fait, pour Franck, tout était prêt pour l'élimination de celui qui avait tué son fils unique. La rage de se venger ne s'était pas essoufflée avec le temps, elle n'avait fait que se renforcer, la haine pour cet homme ne s'éteindrait qu'une fois ce tueur mort. Il pensa à la peine que son forfait pourrait faire au père de cet assassin, mais au-delà de sa peine, il le délivrerait d'un fils inutile, qui ne lui apporterait que des soucis toute sa vie. Ses pensées, quoiqu'humaines, n'arrêteraient pas sa mission vers une justice qu'il voulait sienne.

Toujours muni de la drogue, il fréquenta assidûment *Le Lapin blanc*. Parfois, il ne restait que le temps de boire un verre, son homme n'étant pas présent. Quand ce dernier était là, il était souvent accompagné, alors Franck buvait son verre et repartait chez lui.

Un samedi soir, à sa grande surprise, il le trouva seul à une table. Il lui fit un signe de tête, comme le faisaient les habitués des lieux, puis s'installa au bar et commanda une vodka orange. L'homme devait s'ennuyer, car il rejoignit Franck au bar et lui proposa de lui payer un verre. Après ce verre de bienvenue,

Robert l'invita à s'asseoir à sa table. Ils parlèrent de tout et de rien, surtout du manque de filles, ce qui n'arrangeait pas Robert, qui visiblement espérait trouver une compagne pour la soirée. Franck lui dit qu'il était peut-être un peu tôt et qu'elles viendraient sûrement plus tard puis il lui avoua qu'il venait dans cette boîte surtout pour ne pas s'ennuyer, car il avait débarqué dans la ville depuis peu. Robert lui posa des questions sur son job, Franck lui déclara qu'il cherchait un boulot dans l'immobilier. Robert lui promit d'en parler à son père qui avait une société dans le domaine.

Une demi-heure plus tard, un groupe de filles traversa la piste de danse, ce qui mit en joie Robert. Il attendit que ces dernières s'installent à une table et proposa à Franck de patienter le temps pour lui de voir s'il pouvait avoir une ouverture du côté des demoiselles. Il revint cinq minutes plus tard, un peu dépité, en lui disant que c'étaient des connes.

« Ça ne marche pas à tous les coups, lui dit Franck. Avec les prochaines, peut-être. »

Robert se leva.

« Ne bouge pas, je vais aux toilettes, et on boit un autre verre. »

À l'évidence, Robert devait s'ennuyer ferme. Leur différence d'âge était grande, mais de cela, Franck s'en fichait. Il n'avait pas l'intention de s'en faire un nouvel ami. « C'est le bon moment, pensa-t-il, je n'aurai pas une autre occasion. »

Il attendit que Robert ne fût plus en vue, et discrètement, versa la drogue dans son verre. Quand Robert revint, il but son verre d'un trait et fit signe au serveur de leur apporter la même chose. Il but encore deux ou trois verres de plus avant d'annoncer qu'il ne se sentait pas bien.

« Sûrement l'alcool. Ou bien tu n'es pas en forme ce soir », lui dit Franck, tout en lui proposant de prendre un peu l'air pour qu'il se remette, et en lui jurant qu'il resterait avec lui pour finir la soirée. Franck ne lui mentait pas, car telle était bien son intention, mais sûrement pas selon les mêmes idées que Robert.

Ils sortirent ensemble, sans que personne ne fasse attention à eux, ce qui arrangea Franck. Il ne voulait pas que l'on puisse dire plus tard qu'il était la dernière personne avec qui on avait vu Robert. Car on le chercherait bientôt, de cela, Franck en était sûr désormais.

Dehors, l'état intellectuel de Robert ne s'arrangea pas. Franck lui proposa de monter dans sa voiture pour le raccompagner, il aurait été d'accord avec tout ce qu'il lui aurait proposé. Il l'aida à s'installer et lui mit la ceinture de sécurité. Si quelqu'un les voyait, il penserait à un ami qui en aidait un autre un peu trop alcoolisé. Une fois installé, Franck démarra, direction Guidel. Il ne savait pas combien de temps durait l'effet de la drogue. Il espérait que Robert resterait dans cet état, ce qui ne l'obligerait pas à faire usage de violence. Cela viendrait plus tard assurément, car une fois dans son sous-sol, on pourrait le considérer comme perdu pour la société. Le jour où on le retrouverait, il ne pourrait pas dire avec qui il avait bu son dernier verre.

Dès qu'il arriva chez lui, Franck ouvrit son portail à l'aide de la télécommande et fit de même pour le sous-sol. Robert dormait encore profondément. Il le porta dans l'atelier et l'attacha solidement aux crochets du mur. « Quand il se réveillera, il aura la plus belle des surprises », se dit Franck.

Il se cala sur une chaise dans le sous-sol pour attendre que son prisonnier se réveille. Pendant l'attente, il réfléchit à ce qu'il lui dirait en premier.

Une seule question : pourquoi ? Bien sûr, Franck connaissait la réponse, mais il voulait l'entendre de sa bouche, savoir s'il avait des remords et surtout lui dire quel mal il lui avait fait. Robert finit par se réveiller. Il regarda Franck avec des yeux étonnés en remuant désespérément. Il comprit très vite dans quelle situation il se trouvait, et il se mit à gueuler haineusement.

« Détache-moi, espèce de sale con !

— Je ne crois pas. Si je t'ai mis là, ce n'est pas par hasard. Et pas la peine de crier, personne ne peut t'entendre.

— Qu'est-ce que tu me veux ? T'es dingue ?

— Non, mais si tu es là et dans cette position, c'est pour une raison précise.

— Bon, mais tu veux quoi ?

— Tu vas m'expliquer pourquoi tu as tué mon fils.

— Ça ne va pas ? Moi, je n'ai tué personne.

— Alors, pourquoi mon fils a été retrouvé mort, tué d'une balle, en février dernier ? Moi, je le sais, cela fait des mois que je te cherche, ton vendeur de la gare de Quimper m'a dit que c'était toi. Alors tu as intérêt à m'expliquer, si tu ne veux pas crever là, et tout de suite.

— Ce n'est pas moi, je te le jure !

— Je te dis que je sais que c'est toi ! Et dans la position où tu te trouves, tu ferais mieux de m'expliquer ou tu vas en chier, fais-moi confiance !

— Qui est ton fils ?

— Voilà, je vais t'aider à te souvenir : mon fils s'appelait Michel Kerbouil, comme ton vendeur de merde de Quimper, et un soir, parce qu'il s'appelait Kerbouil, tu l'as tué, pensant tuer ton vendeur pour une affaire d'argent. Comme tu vois, je sais tout, alors inutile de me raconter des conneries.

« — Ce n'est pas moi qui ai tué ton fils. En plus, mes collègues se sont trompés.

— Oui, d'accord, donc c'est toi qui as donné l'ordre. C'est qui, tes collègues, comme tu dis ? Leurs noms, leurs adresses ?

— Si je te donne leurs noms, tu me libères ?

— Oui, bien sûr, tu as fait tuer mon fils, je te pardonne et je te redépose à ta voiture, et tu rentres chez toi pour te reposer. Tu délires ou tu es con ?

— Alors tu vas faire quoi, me garder là ?

— Oui, tant que tu ne m'auras pas donné les noms de tes collègues.

— Donne-moi aux flics et j'irai en prison, si c'est ce que tu veux.

— Non, pour l'instant, dis-moi ce que je veux savoir et après, j'aviserai sur ce que je ferai de toi.

— Je vais te les donner, leurs noms, si tu me jures de me livrer à la police. »

Franck se dit qu'il pouvait toujours lui dire oui, car plus vite il saurait les noms, plus rapidement il pourrait se débarrasser de Robert. Mais jamais il ne lui pardonnerait. Son sort était la mort, de cela il était sûr, et faire croire à cet abruti qu'il pourrait être sauvé par la justice ne lui coûtait rien pour l'instant.

« Je vais prendre un papier et un crayon, cela va te laisser le temps de réfléchir. Si tu me les donnes, je te livrerai à la police après avoir vérifié que tu ne me donnes pas des noms d'illustres inconnus. Car si tu me prends pour un con, je te tue sur place et je coule ton corps au large de Groix. J'espère que tu as compris.

— Oui, je suis d'accord, je vais te les donner. »

Franck alla chercher de quoi écrire en pensant que son œuvre de justice ne serait finie qu'une fois les assassins de son fils morts. Il se plaça devant lui :

« Vas-y, accouche, et surtout n'oublie pas ce que je viens de te dire.

— Non, c'est sûr, ce sera les bons. Ronan Le Sausse, Pierre Gontran, Serge Le Gac.

— Leurs adresses, tu as oublié !

— Je ne connais pas leurs adresses, mais c'est des gars de Concarneau.

— Et comment je les trouve, tes trois connards ?

— Tous les samedis soir, vers 21 heures, ils vont au bar *Le Madison*.

— Ils ressemblent à quoi, tes mecs ? »

Robert ne se fit pas prier pour les décrire, car il était persuadé qu'il serait dans quelques heures en sécurité chez les gendarmes, où il pourrait se défendre, appeler un avocat, et dire qu'il ne savait pas pourquoi cet homme l'avait attaché dans cette cave. Il porterait plainte contre ce dingue et sortirait blanchi de cette affaire. Franck passerait pour un fou, folie liée à la perte de son fils.

« C'est tout ce que tu peux me dire sur ces mecs ? lui demanda Franck en tenant dans sa main droite la matraque qui lui avait servi pour assommer Arnaud.

— Oui, mais ne me frappe pas, je t'ai tout dit. »

Franck perçut la peur qu'avait Robert et se dit qu'il n'avait pas dû lui mentir. Ne restait que le plus difficile, l'éliminer. Ce moment, Franck y avait pensé longuement. Pourtant, à l'instant de passer à l'acte, il eut un doute. Mais il ne pouvait revenir en arrière, sa détermination était intacte. Maintenant, il lui fallait faire le premier pas pour devenir le justicier tant rêvé. Il monta chercher des somnifères qu'il mélangea dans de l'eau et força Robert à les boire. Tuer un homme endormi lui semblait plus facile : pas de plaintes ou de cris. Juste attendre que son prisonnier s'endorme du sommeil du tueur.

Il patienta une heure sur sa chaise, et sans empressement ni remords, il lui planta un couteau de plongée dans le cœur. Robert n'eut qu'un soubresaut et mourut sur le coup. Bizarrement, Franck n'éprouva ni soulagement ni sentiment de culpabilité pour ce qu'il venait de faire.

Ce n'était que le début de la punition meurtrière qu'il avait décidée.

3 heures du matin, la bonne heure pour se débarrasser du cadavre de Robert. Franck suivit le plan qu'il avait en tête depuis un bon moment. Il essuya soigneusement le manche du couteau sans le retirer du corps, détacha les liens et enroula Robert dans une bâche, puis il le chargea dans le coffre de sa voiture. Il chercha dans ses affaires de pêche les fanions maritimes N et C qu'il posa sur le siège avant. Il passa une grosse veste noire, ouvrit les deux portes, et démarra, direction le port de Kerroc'h, un ancien port de bateaux de pêche côtière, maintenant utilisé par les plaisanciers.

Franck connaissait parfaitement les lieux pour y avoir débarqué souvent, la nuit. Il n'y avait personne en cette période. Dès qu'il arriva au port, il mit sa voiture en position de départ, juste à côté d'une cabane en bois qui faisait face au quai.

Elle servait autrefois à ranger les filets, maintenant surtout de dépotoir. Franck ouvrit son coffre, sortit son colis et le déposa contre la porte en position assise. Il le regarda une dernière fois, tout en piquant ses deux fanions N et C entre les jambes du mort, le N en haut et le C en bas. Il remonta dans sa voiture et démarra sans attendre, direction Guidel-Plage pour se coucher, comme après un travail accompli.

Chapitre 4
Les trois voyous du Madison

Dès le petit matin, quand le soleil se levait, le vieux Jean poussait son vélo dans la descente du port de Kerroch, comme tous les jours pour sa partie de pêche en bout de quai, ses deux cannes à pêche amarrées sur le vélo ainsi que son panier en osier pour ramasser quelques coquillages.

En arrivant à la hauteur de la cabane en bois où il attachait habituellement sa bicyclette, il eut sa plus grande surprise et il lâcha son vélo. Le vieux Jean en avait vu, dans sa vie de pêcheur dans le Grand Nord, mais trouver un homme assis par terre avec un poignard dans le cœur et deux fanions qui flottaient entre ses jambes lui parut irréel. Il chercha son téléphone dans sa poche et appela le 17. Il expliqua à son interlocuteur sa découverte, ce dernier lui demanda de rester sur place et surtout de ne toucher à rien, et lui précisa que les gendarmes arriveraient très vite.

Dans les dix minutes qui suivirent, une armada de policiers et de gendarmes bouclèrent la zone pour effectuer leur travail, recherche d'indices, photos des lieux et du mort, et toutes les constatations d'usage.

Le vieux Jean était dans un véhicule pour raconter de quelle façon il avait trouvé le cadavre. Après avoir été questionné, il fut présenté au commissaire Leroi qui était chargé de l'enquête. Le commissaire Leroi lui demanda si en tant que vieux marin, il connaissait la signification des deux fanions près du corps. Jean lui répondit qu'il s'agissait des deux fanions signifiant SOS, et ce détail laissa Leroi dubitatif. Un mort avec « au secours » entre les jambes ne lui disait rien pour l'instant. Dans sa carrière, il n'avait jamais rien vu de tel.

Ils ne trouvèrent aucun papier sur le mort, ils attendraient les analyses des spécialistes pour connaître son identité. Dans les deux heures qui suivirent, tout fut nettoyé, et le lieu redevint ce qu'il était avant. Le vieux Jean perdit l'envie de pêcher pendant quelques jours.

Le lendemain matin, Franck lut l'article dans le journal régional, *Ouest-France*. On y relatait la découverte de son forfait, une photo montrait le visage de Robert, un appel à témoins était lancé à qui le reconnaîtrait ou aurait des renseignements à fournir au service de police. Un numéro de téléphone était donné.

Franck se dit que si dans les huit jours, la police ne venait pas l'arrêter, c'est que personne n'avait fait attention à lui, et qu'il pourrait reprendre sa mission visant à punir par la mort les responsables du décès de son fils. Il ne se sentait pas soucieux. S'il devait finir en prison, il aurait malgré tout puni le commanditaire du meurtre.

Son seul souci était la peine qu'il infligerait à sa sœur qui toutefois, il en était sûr, le pardonnerait pour son acte. Toute la semaine qui suivit, il vaqua à ses occupations et rendit visite à son ami, le chef de la gendarmerie, pour lui demander s'il avait des nouvelles concernant son fils. Ils parlèrent aussi de la nouvelle affaire. Le chef ne lui dévoila pas grand-chose, à part qu'ils étaient dans le noir le plus complet, mais que le commissaire Leroi cherchait le coupable et que, malgré leur amitié, il ne pouvait trop en dire. Franck lui indiqua qu'il comprenait, ils burent un café et se quittèrent en se saluant amicalement.

Quelques jours plus tard, le journal *Ouest-France* dévoila le nom du mort. Le journaliste indiquait que le commissaire Leroi suivait toutes les pistes possibles, mais qu'à l'heure actuelle, aucun suspect n'avait été arrêté. Le meurtre restait inexpliqué pour l'instant, mais l'enquête suivait son cours.

Franck sentait son éventuelle arrestation s'éloigner de plus en plus, et il pensa qu'il pouvait désormais se mettre en chasse des trois autres assassins.

Dès samedi prochain, faire un tour à Concarneau au *Lapin blanc,* pour voir si le serveur lui parlerait de Robert. Il en profiterait pour lui mentir en lui indiquant qu'il était en partance pour Paris et qu'il repasserait à l'occasion d'un séjour dans le coin. Ce petit mensonge n'avait pour but que d'éviter de se rendre au club où il n'avait plus rien à faire désormais. Mais avant cette dernière visite, il lui faudrait passer vers 21 heures au bar *Le Madison*, pour voir si les trois salopards étaient présents.

Le samedi suivant, Franck se rendit dans ce bar, situé en dehors du centre-ville, à la sortie de Concarneau, direction Rosporden. C'était une grande bâtisse tout en longueur, qui faisait restaurant ouvrier la semaine, et disposait d'un grand parking parallèle à la route. L'intérieur de l'établissement était typiquement breton, par son décor et par son mobilier. Un drapeau portant la mention « Gwenn ha Du[1] » était tendu derrière le bar. De grandes tables de bois brut et des bancs également en bois meublaient la salle. La seule chose qui lui parut moderne était un grand billard placé au fond de la salle. C'est à cet endroit que Franck vit les hommes qu'il cherchait : ils disputaient bruyamment une partie.

---

[1] Blanc et noir, en breton.

Sur une table, des bouteilles de bière en grand nombre, « résultat de nombreuses parties », pensa Franck. Il se mit au comptoir et commanda un demi de bière et un sandwich jambon-beurre, car il n'avait pas dîné et il lui faudrait encore boire un verre au *Lapin blanc*. Le temps de manger, il eut tout le loisir d'observer ses futures proies. Il lui fallait trouver le moyen de les attraper, comme les bêtes fauves qu'ils étaient. Franck se sentait comme un chasseur obligé de traquer des bêtes sauvages. Il finit son dîner et s'empressa de repartir en direction de Concarneau.

Une heure plus tard, il entra au *Lapin blanc*. Il salua le serveur en commandant une bière, resta au comptoir et entama une discussion dont le sujet était la mort de Robert et de la visite de la police qui avait suivi. Le serveur lui narra les questions qu'on lui avait posées, et notamment si on avait vu Robert avec quelqu'un ce soir-là. Il lui raconta ce qu'il avait dit à la police, qu'il l'avait vu avec beaucoup de personnes, des gens du coin qu'il connaissait mais personne ce soir-là en particulier. Par contre, il se rappelait le groupe de filles que Robert avait draguées.

Franck paya un verre au serveur en l'informant qu'il devait quitter la région pour Paris, n'ayant rien trouvé ici. Il blagua en lui disant qu'il devenait probablement trop vieux pour le travail. Il promit de repasser si l'occasion le ramenait dans le coin. Ils se saluèrent, Franck sortit et reprit la route vers Guidel.

Quand il rentra chez lui, il ouvrit son ordinateur et alla sur Facebook pour voir si ses trois gibiers avaient un compte. Il les trouva, mais rien ne lui parut intéressant. À tout hasard, il vérifia sur les pages jaunes du téléphone s'ils avaient des lignes fixes. Un seul en possédait une, Ronan. Il nota le numéro et surtout son adresse à Scaër. Dès le lendemain, il irait voir où habitait ce dernier. La journée avait été longue, il se coucha en pensant qu'il trouverait la solution pour les punir, car de la sentence, Franck en avait déjà décidé.

Direction Scaër, petit bourg du sud de la Bretagne, en pleine campagne sans industrie, tourné vers l'agriculture et l'élevage. Il s'arrêta pour prendre un café dans la rue principale, qui traversait de part en part le bourg, au bar *Le Central*. Il passa ensuite à la mairie prendre une carte du bourg et de la région, comme un touriste normal. Sur le dépliant publicitaire, il découvrit que l'on organisait une grande cavalcade le mois suivant avec des chars fleuris. Cette fête drainait plus de cinq mille personnes, durait le temps d'un week-end complet avec bal et fête foraine.

Il situa sur la carte la rue où habitait Ronan et décida d'aller y faire un tour. C'était une petite rue à la limite du bourg, où étaient implantées trois maisons. Franck passa à pied dans la rue et trouva ce coup-ci la boîte aux lettres avec le nom de famille de Ronan. Une voiture était garée devant, une Clio blanche. Il nota mentalement son immatriculation, cela pouvait servir un jour. En repartant vers sa voiture, il croisa un vieux monsieur qu'il salua. Le vieil homme répondit à son salut en lui demandant s'il cherchait quelqu'un, Franck en profita pour amorcer une conversation :

« Je crois que la famille Le Sausse habite dans la rue.

— Oui, monsieur, c'est la dernière maison de la rue, mais à cette heure, il n'y a personne. Le Ronan doit être au travail à la Chailliotine, l'usine de dindes de Guiscriff, il travaille en équipe, soit du matin soit du soir. On vient le prendre en voiture au bout de la rue tous les jours.

— Ah oui, mais moi, je cherchais les parents Le Sausse.

— Vous devez vous tromper, car le jeune habite seul dans la maison.

— Ce doit être une autre famille Le Sausse alors, car eux n'ont qu'une fille, mentit Franck.

— Il y a bien des Le Sausse qui habitent au bourg, mais ils ne sont pas de la même famille, et heureusement pour eux, car celui-là, c'est un voyou qui n'est pas très poli avec les anciens.

— Certains jeunes sont mal éduqués aujourd'hui. Allez, je vous souhaite une bonne journée, je les trouverai bien. Au revoir, monsieur.

— *Kenavo*, monsieur, et bonne route ! »

Franck remonta heureux dans sa voiture, content du hasard et de la conversation avec le vieil homme, qui lui avait appris que Ronan vivait seul. Dans son cerveau germait déjà la solution à son piège. Une rue le soir, déserte, son gibier qui rentrait de nuit, qui vivait seul et que son voisinage n'aimait pas – et donc qui ne lui parlait pas. Voilà qui faciliterait son projet. La seule chose qu'il devait découvrir était le planning de ses changements de poste. Cette semaine-là, il travaillait du matin, donc du soir la semaine d'après. Si tel était le cas, il lui faudrait mettre en œuvre un plan.

Pour l'instant, il devait trouver où logeaient les deux autres avant de passer à l'action, car ils avaient dû avoir vent de l'assassinat de Robert, et si un autre de leur bande venait à disparaître, les deux autres se cacheraient et changeraient de région. Si les choses se déroulaient ainsi, il serait impossible à Franck de les retrouver, et c'était un risque qu'il ne voulait pas courir. Pas un seul ne devait en réchapper, la punition devait être totale.

Samedi prochain, il lui faudrait retourner au bar *Le Madison* et trouver le moyen d'engager la conversation. Une partie de billard autour de bières devrait faire l'affaire.

Samedi soir, 21 h 30, Franck se gara sur le parking du bar. Dès qu'il entra dans le troquet, il aperçut les trois jeunes occupés autour du billard, quelques bières meublaient déjà une table. Lui se mit au comptoir, commanda un demi, puis en s'approchant du billard, il leur demanda si une partie à quatre les intéressait. Il ajouta qu'il paierait la tournée. La réponse fut unanime :

« Si c'est pour une tournée, c'est oui ! déclarèrent les trois compères en chœur.

— Finissez votre partie, les gars, je suis au comptoir.

— Viens à notre table, si tu veux, mais commande la tournée.

— Comme vous voulez. Bière pour tout le monde ?

— Bien sûr.

— OK, je commande et j'arrive. »

Franck vint s'asseoir à leur table et se présenta :

« Moi, c'est Franck, à la vôtre, les gars ! »

Ils se présentèrent à leur tour avec de vigoureuses poignées de main. L'un d'eux lui demanda :

« Tu n'es pas du coin ?

— Non, mais je vais sûrement y être bientôt.

— Tu cherches un boulot dans le coin ?

— Oui, mais je ne trouve pas grand-chose, trop vieux, sûrement !

— Il n'y a rien, dans le coin.

— Ronan, tu bosses dans quoi ? demanda Franck innocemment.

— Je bosse à la Chaillotine, une usine de dindes, mais c'est la merde. Je bosse en équipe, la semaine prochaine, je suis de nuit, je commence à 22 heures pour finir à 6 heures du mat, c'est crevant, mais il n'y a rien d'autre. Et en plus, je n'ai pas le choix, je suis obligé de bosser, autrement, c'est le trou. Si j'entends qu'ils cherchent quelqu'un, je te le dirai, mais en ce moment, ce n'est pas la bonne période. »

Ronan lui avait révélé sa situation par rapport à la loi avec une certaine prestance, être un repris de justice ne lui donnait à l'évidence aucune contrariété.

« Les gars, vous êtes de Concarneau ? »

Ronan répondit : « Non, moi, je suis de Scaër », tandis que Pierre et Serge dirent en chœur être de Rosporden.

« Bon, on se la fait, cette partie ? », demanda Franck pour ne pas donner l'impression de poser des questions constamment, ce qui pourrait les gêner – et cela, il ne le voulait pas.

Au cours de la partie, il apprit que Pierre et Serge ne travaillaient pas : « Nous ? On s'arrange. Nous ne sommes pas des trimards comme Ronan », dirent-ils en tapant sur l'épaule de leur ami qui les insulta en les traitant de feignasses et de bons à rien.

Ils firent plusieurs parties de billard et plusieurs tournées arrivèrent sur la table. Franck apprit au cours de la soirée que Pierre et Serge habitaient ensemble. Ils lui donnèrent leurs numéros de téléphone portable et leur adresse, pour le cas où Franck aurait envie de passer boire un verre sur Rosporden. « Si ces derniers connaissaient le but de toute cette camaraderie, je pense sérieusement qu'ils prendraient leurs jambes à leur cou », pensa Franck.

Après une ultime partie et un dernier verre, ils se séparèrent en faisant le souhait de se revoir le samedi suivant. Si Franck n'avait pas su de quoi ces garçons étaient capables, il en aurait fait de bons compagnons de soirée, malgré leur différence d'âge. Mais il restait déterminé à aller au bout de sa punition meurtrière.

Il reprit la route en espérant ne pas tomber sur un contrôle de police, car sa consommation d'alcool avait dépassé la norme. Il arriva sans encombre à Guidel-Plage, et prit deux cachets, car un mal de crâne commençait à lui taper dans les tempes.

Le dimanche matin, il se leva un peu dans le brouillard, il n'avait pas tellement l'habitude de boire avec excès. Une balade sur la côte lui aéra l'esprit. Il avait pris un panier dans l'espoir de ramasser quelques palourdes, cet exercice lui fit le plus grand bien et la pêche fut bonne. Il décida de la partager avec sa sœur à qui il n'avait pas rendu visite depuis un bon moment. Il passa une excellente journée, oubliant pour un instant sa quête de justice.

En rentrant chez lui, il jeta un coup d'œil dans le *Ouest-France* du dimanche, où il lut un article traitant de la mort de Robert. L'article parlait d'une piste qui menait vers le milieu de la drogue, déclaration faite par le commissaire Leroi, chargé de l'enquête. Aucun suspect n'avait été appréhendé pour l'instant, mais il s'avérait que Robert était un fournisseur de drogue dans la région du Finistère.

L'enquête penchait pour un règlement de comptes entre rivaux du milieu, ou pour une histoire d'argent liée au trafic. Aucune information n'était donnée au sujet des deux fanions trouvés à côté du mort. Le commissaire Leroi n'y voyait pour le moment aucun lien ni explication, à part le fait que ces deux fanions ensemble signifiaient SOS dans le domaine maritime.

Franck se dit que son indice n'était pas près de les aider à comprendre son action de justice. L'article finissait par les méfaits de la drogue et par l'augmentation du trafic liée à des décisions politiques inefficaces.

Le lundi matin vers 10 heures, il prit la route pour aller regarder où se situait le logement des deux gars de Rosporden.

En effet, sans connaître la configuration des lieux, il ne pouvait mettre en place un plan. La difficulté était énorme : il lui fallait les attraper tous les deux en même temps. Ils semblaient inséparables et le seraient à jamais dans la mort.

De cela, Franck en avait décidé le jour où on lui avait annoncé la mort de son fils.

Comme il avait fait à Scaër, il passa prendre un plan de la ville à la mairie et reprit la route. Il trouva très facilement l'adresse. Le lieu-dit Koat-Canton, petit village situé à deux kilomètres du centre-bourg, s'animait d'une dizaine d'habitations et d'une maison de retraite. Franck se gara sur le parking du centre et continua à pied. Il finit par trouver la bonne maison.

Jolie demeure, de type breton, entourée d'un grand jardin qui manquait d'entretien. Devant la maison étaient garés un beau coupé Mercedes et un fourgon aux vitres teintées. Franck se dit que sans travailler, ces deux-là devaient avoir un gros pouvoir d'achat et il se rappela leurs paroles du samedi soir (« Nous, on se débrouille. »). Ils devaient trafiquer eux aussi dans la drogue comme Robert, et à l'évidence dans l'assassinat. Sous leur attitude sympathique se cachaient des voyous de première.

Les éliminer de la société ne serait qu'un bien et cela serait fait dans un temps qui ne saurait tarder. Le retour à Guidel-Plage se fit au rythme de ses pensées. Déjà, il avait trouvé l'idée pour les punir et il ne tarderait pas à la mettre en œuvre.

Le soir même, Franck se posta le plus discrètement possible non loin du domicile de Ronan à Scaër. 21 h 30, indiquait la pendule de sa voiture quand il vit un véhicule s'arrêter devant la maison. Un coup de klaxon bref, et deux minutes plus tard, Ronan monta dans la voiture. Il partait pour son travail de nuit à la Chaillotine, il ne lui avait donc pas menti, ce qui le conforta dans son plan.

Pour lui aussi, Franck avait la solution finale. Son avenir serait court, car bientôt, son glaive de justice s'abattrait sur lui. « Ronan travaille, pensa-t-il. Lui ne doit pas vivre de trafic, ou alors il le cache bien, pour se fondre dans la masse, une obligation administrative policière pour lui éviter d'aller en prison. » Il ne le voyait pas tout blanc, puisqu'il fréquentait les deux compères de Rosporden. Qui se ressemble, s'assemble, dit le vieil adage.

Il lui paraissait impossible qu'il ne fasse pas partie de la même bande de trafiquants, et d'ailleurs, Robert lui avait donné son nom. Il en était sûr, il le tuerait comme les autres, cela ne faisait pas l'ombre d'un doute dans le cerveau de Franck.

Il passa un coup de téléphone à Pierre et à Serge le mercredi midi, pour les informer qu'il passait dans le coin et que s'ils étaient chez eux dans la soirée, ils pourraient boire un verre ensemble. Ce fut Pierre qui lui répondit et il l'informa que vers 20 heures, ce serait bien, et qu'il commanderait des pizzas pour 21 heures. Pierre lui proposa de dormir chez eux si cela l'arrangeait. Franck accepta, en lui précisant qu'il amènerait le rosé de Provence « qui va bien ».

Ce soir, il serait dans l'antre des loups. Si l'occasion se présentait, ils dégusteraient leur dernier repas.

Franck prépara pour l'occasion un peu de matériel et disposa dans son sac une fiole de somnifère liquide que lui avait prescrit son médecin à la perte de son fils. Produit très efficace qui l'endormait dans la demi-heure. Médicament qui était à prendre avec parcimonie, car il présentait de nombreuses contre-indications et interdictions, l'alcool en faisait partie. Pour Franck, cela ne posait pas de problème, ce n'était pas pour sa consommation personnelle. Il la réservait, si cela s'avérait possible, à ses amis d'un soir.

Dans l'après-midi, il acheta trois bouteilles de rosé et une bouteille de vin rouge du pays catalan. Franck espérait qu'ils aimaient le rosé de Provence, ou bien son plan tomberait à l'eau pour cette soirée qu'il espérait d'adieu.

L'attente lui parut longue, mais à 20 heures, comme prévu, il sonna chez Pierre et Serge.

Dans le salon était dressée une petite table pour l'apéritif, avec des amuse-gueules et un assortiment de fruits secs. Serge proposa de lui montrer sa chambre et d'y déposer ses affaires. Franck ressortit prendre dans sa voiture son sac et saisit en même temps les bouteilles pour la soirée, qu'il déposa dans la cuisine en donnant une explication sur le rouge. Il leur dit ne jamais boire de rosé, car cela lui détraquait l'estomac. La réponse fut brève : « Pas grave, nous, on aime le rosé, et avec les pizzas, ça marche bien. » La soirée pouvait commencer, un problème de résolu.

Elle démarra par de multiples apéritifs, avec comme discussion principale le projet de loi de libéralisation de la consommation de cannabis. C'était un sujet qui les passionnait. Franck leur avoua qu'il n'avait jamais fumé de sa vie, ni cigarette ni autre chose, mais il mentit en allant dans leur sens à ce sujet, dit que selon lui, ce serait plus pratique d'ouvrir des établissements spécialisés, que cela éviterait de trouver de mauvais produits sur le marché. Pierre et Serge dirent qu'ils ouvriraient un coffee-shop tout de suite, car de ce côté, il y avait de l'argent à se faire, la clientèle ne manquerait pas dans la région. Ils en profitèrent pour se rouler un joint chacun, Franck leur avait dit que cela ne le dérangeait pas, tant que lui-même ne fumait pas.

Ils lui posèrent des questions sur ce qu'il avait fait dans sa vie. Il leur avoua qu'il avait été militaire dans la marine, et pour animer la conversation, il leur mentit et leur raconta qu'il avait été, plus jeune, un tireur d'élite, et que de temps en temps, il allait dans un club de tir à Lorient.

Ce sujet les passionna immédiatement. Ils lui posèrent des questions sur les types d'armes, sur celle qu'il préférait, et ils lui promirent une surprise après les pizzas. Cela lui fit un peu peur, connaissant leur talent pour tuer, mais il garda son idée pour lui. Il ne les imaginait pas le tuer après les pizzas. Cette pensée était ridicule, mais angoissante. Un coup de sonnette interrompit leur conversation.

Pierre se dirigea vers la porte d'entrée pour ouvrir au livreur de pizzas. Une fois réglé, ce dernier disparut dans la nuit aux commandes de son scooter. Franck ne s'était pas montré à la porte, par prudence : au cas où son plan marcherait, le livreur ne pourrait témoigner l'avoir aperçu.

La commande était énorme : cinq pizzas aux goûts différents. Serge suggéra de passer à la cuisine pour dîner. On installa la table et Franck se proposa pour ouvrir les bouteilles. Il ouvrit les rosés, et le rouge pour lui. Après avoir coupé les pizzas, ils commencèrent à manger et reprirent leur conversation très animée au sujet des armes et du trafic occasionné en Belgique et à Marseille. Franck jouait le naïf à ce sujet, il espérait qu'ils lui dévoileraient comment et où se déroulait ce trafic. Ils restèrent vagues, mais Franck sentit qu'ils en connaissaient un bout sur la question.

Au milieu du repas, Pierre et Serge, un peu éméchés et aidés par les nombreux joints qu'ils avaient fumés, se levèrent en rigolant et lui dirent : « Toi, tu es un mec ! On va te montrer la surprise, mais il faudra que tu la gardes pour toi. On monte là-haut et on revient. Bois un coup pendant ce temps-là. »

Enfin le moment tant attendu ! Franck se leva dès qu'ils eurent disparu et versa le somnifère liquide dans la dernière bouteille de rosé, en espérant que le goût ne serait pas trop changé. Il se remit à table, se servit un verre de vin rouge, sûrement le verre du courage, car si son plan ratait, il ne savait pas quelle serait la réaction de ses deux camarades de soirée. Il les entendit redescendre. Ils déposèrent une petite valise sur le bord de la table et en l'ouvrant lui dirent : « La voilà, la surprise. » Dans la valise, il y avait quatre pistolets automatiques avec leurs chargeurs.

Franck demanda en montrant la valise :

« Je peux toucher ?

— Oui, tu peux, ils ne sont pas chargés, répondit Pierre.

— Belles bêtes. Avec ça, tu dégommes, mais ça doit coûter un peu de monnaie ?

— Six cents euros, répondit Serge. Si ça te dit un jour, demande-nous, on t'en trouvera un.

— C'est possible, un de ces jours.

— Bon, allez, on remballe, fit Pierre en refermant la valise et en la poussant dans le coin de la salle.

— On repasse à table et on boit un coup, mais au sujet du matos, on compte sur toi, Franck, pas un mot à personne.

— Une tombe, les gars, ne vous inquiétez pas. »

Pierre et Serge reprirent une part de pizza et se servirent chacun du rosé. Franck espéra que son plan allait fonctionner. Il proposa de trinquer à leur nouvelle amitié. Les deux compères burent leurs verres sans faire de grimaces, avec ce qu'ils avaient éclusé depuis le début de la soirée plus les joints, le goût du rosé n'avait plus grande importance. Une demi-heure plus tard, la bouteille endormeuse fut finie. Serge suggéra de passer au salon pour boire un digestif, « un petit cognac nous remettra en forme », dit-il.

« Ces deux-là ont une santé de fer », pensa Franck. Mais à la deuxième tournée, il commença à s'apercevoir que ses deux amis balbutiaient plus qu'au début du repas. L'alcool, les joints et le somnifère faisaient leur effet, doucement mais sûrement.

À partir de ce moment, il resta sur ses gardes, car il se méfiait de leurs réactions. Franck déclara qu'il commençait à avoir un coup dans la pipe, ses amis de beuverie lui dirent en rigolant que pour eux aussi, ça commençait. Ils ne pouvaient deviner le pourquoi de leur état, et surtout pas ce qui les attendait une fois dans les bras de Morphée.

Franck avait bu aussi, mais la haine que lui inspiraient ces deux-là le gardait en éveil. Une deuxième occasion ne se présenterait pas tout de suite. Il lui fallait garder l'esprit clair pour assouvir sa punition mortelle. Dans la demi-heure qui suivit, ses deux comparses s'endormirent profondément dans le canapé. Il les remua tour à tour, mais ils n'eurent aucune réaction. Il monta dans la chambre chercher son sac, car à l'évidence, il ne passerait pas la nuit dans les lieux.

Arrivait le grand moment, celui de l'élimination de ces deux bêtes fauves qui vendaient de la drogue et des armes, et qui avaient tué son fils. Il alla prendre dans une chambre deux oreillers, ouvrit la valise, attrapa un pistolet et le chargea. Il tira une balle dans la tête de chacun en diminuant le bruit grâce aux oreillers. Dans le garage extérieur, il trouva dans un zodiac semi-rigide une nourrice de trente litres d'essence. Il en versa dans la cuisine et le salon, et dans l'escalier qui montait à l'étage. Franck prit son sac et la petite valise aux armes, qu'il mit dans le coffre de sa voiture. Il la sortit de la propriété et la stationna un peu plus loin.

Il revint vers la maison avec un seau de sable de kaolin bien blanc, et un petit drapeau blanc sur lequel il avait écrit « la blanche », en grosses lettres. Il en fit un petit tas, genre pyramide, à l'entrée du garage extérieur, et planta son drapeau au centre. Il rentra dans la maison pour ouvrir le gaz de la cuisine à fond puis, avant de partir, il mit le feu à l'essence. Il sortit en claquant la porte d'entrée. Il courut vers sa voiture et démarra, direction Guidel.

Dès qu'il arriva chez lui, il cacha la petite valise qui contenait les armes, prit une douche et se jeta au lit, fatigué du travail accompli. Cette nuit-là, il dormit du sommeil du justicier.

Le lendemain, il se réveilla vers midi, prit un café et se prépara pour aller acheter le *Ouest-France*. Il avait hâte de savoir si l'on avait déjà écrit un article sur l'incendie et sur la découverte des deux cadavres. Dès qu'il arriva au kiosque, il vit que c'était en première page : « Incendie criminel à Rosporden », avec une photo de la maison en flammes et une autre accolée qui montrait la maison entièrement détruite après le travail des pompiers. Dans l'article, le journaliste dévoilait le nom des deux morts, trouvés carbonisés dans la maison. Il racontait aussi l'étrange découverte de ce tas de poudre de kaolin avec un drapeau sur lequel était inscrit « la blanche ». L'affaire était prise en charge par le commissaire Leroi, qui déclara voir un rapport avec le premier mort du port de Kerroch, et un rapport plus que probable avec le trafic de drogue. En effet, dans le garage extérieur, la police avait trouvé une certaine quantité de stupéfiants. L'article se concluait par la formule habituelle : « Toute personne qui a des informations est priée de se présenter à la police. »

Malgré l'horreur de son geste, Franck était heureux : il avait éliminé deux crapules. « Bien sûr, pensa-t-il, la loi interdit de faire justice soi-même, mais depuis des mois, l'enquête sur la mort de mon fils est restée au point mort. » Il savait que sans sa persévérance et sa hargne, les coupables seraient toujours en vie. La fin de sa mission macabre touchait à sa fin.

Quand tout cela serait fini, il lui faudrait soit se livrer à la justice des hommes, soit attendre celle de Dieu. Ce serait un choix cornélien. Mais pour le moment, il lui restait à parachever son œuvre de justice en éliminant le dernier acteur à avoir occasionné la mort de son fils. Il passa le restant de la semaine à nettoyer son jardin qu'il avait délaissé depuis longtemps, et à se promener sur la côte en ramassant quelques palourdes et quelques pieds de couteau. Toutes ces occupations ludiques lui laissèrent le temps d'élaborer son ultime plan pour éliminer le dernier tueur.

Était-ce lui qui avait tiré ou n'avait-il été que présent ? Maintenant, Ronan le connaissait et Franck n'avait plus le choix, il fallait que ce dernier disparaisse.

Pendant ce temps, le commissaire Leroi essayait de trouver le rapport entre les meurtres des trois victimes. La drogue était pour lui le lien principal, mais ce qui le chiffonnait le plus, c'étaient les deux fanions et ce tas de sable avec son drapeau. Il avait beau tourner ces indices dans tous les sens, il ne voyait pas des trafiquants de drogue laisser des indices derrière eux. Dans ce milieu, on tuait et on laissait la victime sur place.

Dans le premier meurtre, il y avait une mise en scène et on avait placé la victime dans un endroit où on était sûr de la trouver. Les deux autres avaient été tués après un repas de pizzas. Le commissaire avait retrouvé le livreur, ce dernier n'avait pu lui fournir ni explication ni indice supplémentaire, à part l'heure de livraison des cinq pizzas – ce qui pouvait laisser supposer qu'ils étaient cinq convives pour la soirée.

Le livreur se rappela que dans la cour, il y avait deux voitures et un fourgon, mais il fut incapable de fournir aucune information sur leur modèle ou leur couleur, car à l'heure de la livraison, la nuit était tombée depuis un moment.

Le médecin légiste remit son rapport deux jours plus tard. Il concluait à une mort par arme à feu, une balle en pleine tête. Une consommation assez importante d'alcool et de stupéfiants apparaissait dans les analyses, ainsi que des traces de somnifère. Le feu n'avait servi qu'à effacer toute empreinte ou tout indice qui auraient pu faire avancer l'enquête. L'idée principale du commissaire Leroi était qu'il s'agissait d'une vengeance, mais pour l'instant, aucun élément ne donnait à penser que le premier mort connaissait les deux autres. Le seul lien était la drogue, de cela, il était sûr. Il essaierait de remuer tous ses informateurs, mais la difficulté était de les faire parler, car dans ce milieu, la loi du silence était de mise, ou bien c'était la mort assurée pour le bavard.

Il agrafa sur le mur les deux indices qui indiquaient « SOS » et « LA BLANCHE », que l'on pouvait interpréter par « au secours » et « drogue ». Cela ne pouvait venir des trafiquants. Peut-être un homme qui se vengeait du trafic ? Un justicier qui tuait des dealers pour les punir d'un meurtre ou de la mort d'un proche ? Un proche qui était consommateur de drogue ? Cela lui parut la meilleure option. Il chercherait qui était décédé dans l'année pour cause de consommation de drogue dans les deux départements, le Finistère et le Morbihan. Cela faisait un énorme territoire, il demanderait à ses collègues de Quimper de faire une partie du boulot, car il manquait de personnel pour effectuer les recherches.

Franck pensait à Ronan. Il ne fallait pas trop tarder à l'éliminer, car ce dernier le connaissait, et le commissaire Leroi pourrait sans grande difficulté remonter jusqu'à lui. Au bar *Le Madison,* on se souviendrait peut-être de sa présence, et s'il était arrêté, Ronan parlerait de lui, dirait qu'il connaissait Robert et ses deux amis, Serge et Pierre. Trois morts parmi ses amis pourraient le pousser à dévoiler leurs méfaits, l'assassinat de son fils Michel, les trafics de drogue, la vente d'armes. Ce soir, Ronan serait mort, il le fallait. Après, il ne resterait plus de témoins, sauf le dealer de la gare de Quimper, mais lui ne l'avait jamais vu et il y avait peu de chances qu'il raconte son aventure à la police. D'autant que s'il avait lu les journaux, il avait dû prendre le large pour une autre région. Franck se dit qu'il lui faudrait vérifier ses pensées une fois sa vengeance meurtrière terminée.

Ce soir, Ronan devait finir son travail vers 22 heures. Franck décida qu'il l'attendrait et que pour lui, son travail en équipe s'arrêterait aujourd'hui. Sa mort serait comme un solde de tout compte. Il ouvrit la valise aux armes et prit un des pistolets qui n'avaient pas servi pour la mort de Serge et de Pierre. Il jeta une bâche plastique dans le coffre de sa voiture, au cas où il lui faudrait déplacer le corps.

Il se gara vers 21 h 30 dans une rue non loin de la maison de Ronan. Le coin n'était pas très éclairé, sa voiture passerait inaperçue. La nuit était tombée depuis un bon moment et le temps était très nuageux, comme souvent dans ce coin de Bretagne. Franck s'était vêtu de couleurs sombres et avait mis une casquette sur sa tête. S'il croisait un passant, ce dernier aurait bien du mal à le décrire.

La voiture de Ronan était toujours garée au même endroit, aucune lumière ne filtrait de la maison. Par prudence, il jeta des pierres dans les volets de bois qui étaient clos, pour vérifier si quelqu'un était présent dans la maison. Personne ne sortit, la maison était vide de tout occupant. Il se glissa dans le jardin et, le plus discrètement possible, fit le tour de la maison. Une porte de service se trouvait à l'arrière, il n'eut aucun mal à l'ouvrir avec un bon coup d'épaule. Il la referma le mieux possible et resta caché dans un coin du jardin, d'où il pouvait voir l'entrée principale de la maison. Il devrait patienter une demi-heure avant l'arrivée de Ronan, tout en espérant que personne n'entre avec lui.

Trente-cinq minutes plus tard, Franck entendit une voiture s'arrêter. De loin, il perçut des bruits de discussion, et la voiture redémarra. Il aperçut Ronan seul au portail, et le vit entrer chez lui. Il fallait encore attendre que ce dernier se couchât et s'endormît, car Franck était persuadé qu'il aurait plus de facilité à le tuer dans son sommeil.

Trente minutes plus tard, il poussa la porte de service, tout en se demandant si sa future victime s'était couchée. Il se trouvait dans la buanderie, aucun trait de lumière n'était visible en dessous de la porte. Il n'entendit aucun bruit. Alors, il se décida à ouvrir la porte qui donnait dans la pièce de vie – qui allait devenir de mort, si tout se passait comme prévu.

Il attendit un moment, le temps que ses yeux s'habituent à l'obscurité relative, et les veilleuses de la télévision et d'autres appareils électroniques lui permirent de se diriger sans trop de gêne. La porte de la chambre était entrouverte. Franck y passa la tête et il vit sa future victime endormie, bien cachée sous ses couvertures. Il s'approcha du lit à pas de loup, prit un oreiller, le plaqua sur la tête de Ronan. Puis il tira, à travers, la balle qui mettrait fin à sa quête. « Mourir dans son lit et sans le savoir est une bonne mort », pensa Franck.

Il ressortit par la porte d'entrée et partit rechercher sa voiture qu'il gara juste en face du portail de la maison. Il attrapa la bâche dans le coffre, qu'il laissa entrouvert. Dans la chambre, il enroula le corps de Ronan dans la bâche et s'empressa de le charger dans sa voiture. Avant de partir, il essuya les poignées des deux portes et referma à clé la porte d'entrée. Il ressortit par l'arrière. Au ralenti, il remonta la rue et dès qu'il fut arrivé sur la route principale, il prit la direction de Lorient.

À la hauteur de Ploemeur, il prit la direction du centre d'affaires de Soye, qui était autrefois une cité de baraquements où l'on avait logé des milliers de personnes après la dernière guerre. Cette cité avait été rasée dans les années 1980, et il ne restait désormais qu'un ancien château en ruine, fermé pour cause d'écroulement. La nuit, dans cet endroit, il n'y avait pas âme qui vive.

Franck déchargea son colis, le déposa contre la porte du château. Dans son coffre, il alla chercher de gros clous et un marteau, et il cloua contre la porte le corps de Ronan, comme Jésus sur sa croix. À côté du cadavre crucifié, il cloua une feuille de papier sur laquelle il avait écrit :

J'en ai terminé, ma justice fut meurtrière mais juste.

Que Dieu fasse ce qu'il voudra.

Son œuvre était maintenant terminée. Il ne ressentait aucun remords. Quoi qu'il arrive, maintenant, il s'en moquait. Il ne lui restait qu'une décision à prendre : avouer ou attendre. Il remonta dans sa voiture et prit la direction de Guidel-Plage. Quand il arriva chez lui, il prit une douche pour se laver de ses actes criminels, puis il se coucha et s'endormit du sommeil du juste.

Il avait accompli son œuvre

Chapitre 5
La justice des hommes

Le corps crucifié de Ronan fut découvert par un ouvrier municipal de la ville de Ploemeur. Ce dernier fut très choqué. Il appela aussitôt le 17 et informa le policier de service de sa découverte. Son interlocuteur lui demanda de rester sur place et de bloquer l'accès au château à quiconque, et surtout de ne toucher à rien ni de s'en approcher. Des policiers arriveraient dans les dix minutes.

L'ouvrier municipal appela alors sa hiérarchie pour l'informer de la découverte macabre.

De nombreux policiers arrivèrent très rapidement sur le site : photographe, médecin légiste et toute une armada de services scientifiques.

Le commissaire Leroi dirigeait l'ensemble des opérations de police, mais au-delà du corps, c'était cette feuille de papier clouée qui l'intéressait pour l'instant. Elle lui indiquait que tous ces meurtres étaient de la main du même homme, et que celui-ci en avait fini. Le meurtrier les avait tués par vengeance personnelle. Le commissaire pensa à tous les indices qu'il avait laissés et il comprit que si on les mettait bout à bout, cela donnait :

Au secours, la blanche m'a crucifié, que Dieu me pardonne.

Pour l'instant, il lui faudrait trouver le nom du dernier mort, peut-être que cela lui donnerait une piste mais il en doutait. Le meurtrier justicier n'avait pas laissé d'indices qui pouvaient mener à lui.

Dès qu'il rentra dans son service, il passa dans la base de données les empreintes du dernier mort : ce dernier était connu des services de police comme trafiquant de drogue et avait été suspecté dans un meurtre, mais relâché faute de preuves. Si on récapitulait les morts, on avait : Robert de La Grange, dealer ; Pierre Gontran, dealer ; Serge Le Gac, dealer ; Ronan Le Sausse, dealer et tueur présumé.

Leroi pensa qu'il avait là une belle brochette de voyous désormais hors d'état de nuire. Ces morts ne feraient plus de dégâts à la société. Mais son travail était d'arrêter le tueur, même si celui-ci n'avait tué que des voyous. Personne ne pouvait s'octroyer le droit de faire justice soi-même. Si on laissait les gens libres de s'attribuer le droit de punition, le monde serait rempli de morts pour une aile froissée, une insulte, un autoradio. La peine de mort avait été abolie en France par les institutions, le particulier ne pouvait la rétablir pour sa justice personnelle.

Dès le lendemain, le quotidien *Ouest-France* annonça en première page le nouveau meurtre au château de Soye. Il n'y avait pas de photo, car celles prises sur place étaient sûrement trop « hard » pour les lecteurs. Mais l'article donnait les détails et expliquait la position du mort au moment de sa découverte. Par contre, l'article ne parlait pas des écrits, la police avait gardé cet indice secret. Le commissaire Leroi avait déclaré que cette nouvelle affaire était liée aux trois autres meurtres dans la région, et que tout donnait à penser qu'ils tournaient autour du trafic de drogue. Il promettait des arrestations dans un délai assez court.

Le soir même, la télévision locale, FR3, diffusa un reportage filmé sur le lieu du crime. Le présentateur reprit l'article du quotidien matinal et crut bon, pour faire du sensationnel, d'ajouter qu'une guerre de gangs se déroulait actuellement dans la région lorientaise. Des images des autres lieux furent diffusées, avec pour commentaire la recrudescence du trafic en Bretagne. Le vieux Jean passa dans le reportage, ce fut son moment de gloire.

Pour le commissaire Leroi, cette affaire était un casse-tête et sa hiérarchie voulait des arrestations rapides pour museler les critiques de la presse – certains journalistes parlaient du « laxisme de la police ». Les morts étaient tous des trafiquants de drogue, et une certaine presse laissait penser que des politiques et des responsables de la lutte anti-drogue se réjouissaient de l'élimination de ces cadors de la drogue, et que de ce fait, ils ne mettaient pas tout en œuvre pour arrêter l'auteur des crimes.

Tout ce brouhaha retombait sur le commissaire, qui promit à ses supérieurs de résoudre cette affaire au plus vite, mais aussi de faire arrêter d'autres dealers de la région pour calmer la presse et ses propres patrons, qui n'aimaient pas être nommés sauf, bien sûr, pour recevoir les honneurs une fois que l'affaire serait résolue. Celle-ci prenait donc une allure politique. L'opposition allumait des braises chaque jour, les élus locaux exigeaient de Leroi et de sa hiérarchie des résultats très rapides. Le commissaire voyait sa prochaine promotion reculer à grands pas.

Deux jours plus tard, une vague d'arrestations se produisit. Les journalistes furent pratiquement invités, par le biais d'indiscrétions calculées. Plus de vingt-cinq personnes furent arrêtées, mais les gardes à vue ne donnèrent rien, et la presse en fit ses unes. L'ambiance délétère se calma au bout de trois jours : une grève des agriculteurs du Finistère occupa les journalistes en quête de nouveauté.

Le commissaire put travailler un peu plus sereinement, car il était persuadé qu'il ne trouverait le coupable que dans un seul profil : un père, un frère, un ami, qui avait perdu un être cher à cause de la drogue. Ses pensées, il les gardait pour lui, ne voulant pas chatouiller la presse qui aurait aboyé immédiatement : « Un fou solitaire tue les gens de la drogue. »

Les recherches dans ce sens avaient fait ressortir les noms de quelques personnes. Il les convoquerait le plus discrètement possible, pour vérifier si elles avaient des alibis pour les jours des crimes. Huit suspects potentiels, entre les deux départements. Il garda ceux du Morbihan, son homologue de Quimper se chargea de ceux du Finistère. Il demanda à son collègue d'être le plus discret possible avec les journalistes.

Cinq suspects habitaient dans le Morbihan. Il les convoqua un par un dans son bureau. Trois d'entre eux prirent cela très mal, il lui fallut beaucoup d'explications et de psychologie pour les interroger, car ils étaient plus victimes de la drogue que coupables de quoi que ce soit. Un d'entre eux sortait du lot, mais Leroi ne fit rien pour le contrarier, et il alla jusqu'à s'excuser pour la convocation. Du côté du Finistère, deux personnes n'avaient pas d'alibi, elles ne se souvenaient pas où elles se trouvaient au moment des meurtres. Son collègue l'en informa et il se retrouva avec trois suspects potentiels.

Comme Leroi ne disposait d'aucun indice ni d'aucune empreinte, il lui était difficile d'accuser un de ces hommes. Aussi, il lui fallait creuser un peu plus leurs dossiers. Des enquêtes discrètes furent menées. Au bout de quelques semaines, deux restaient suspects. Il les convoqua de nouveau, pour un interrogatoire plus sérieux. Leroi s'en chargea en tant que responsable de l'enquête. À la fin des auditions, un des suspects fut mis hors de cause et libéré. Pour l'autre, ne restait qu'une seule solution : Leroi le plaça en garde à vue pour quarante-huit heures.

Son avocat arriva dans l'heure qui suivit, comme le veut la loi. Le commissaire l'informa de la raison de son placement en garde à vue : un sérieux doute sur la culpabilité de cet homme qui, de plus, correspondait au profil, ne fournissait aucun alibi, et se laissait accuser sans se défendre des quatre meurtres. Toutefois, il ne donnait aucun détail sur son mode opératoire pour tuer ces hommes.

M. Vargas, car tel était son patronyme, fut informé des risques de son mutisme et du fait que s'avouer coupable l'amènerait directement en prison. Son avocat lui expliqua aussi les risques qu'il courait, il lui dit que la police ne détenait aucune preuve, rien n'y fit : Vargas persista et signa des aveux. La pression de ses supérieurs et des politiques obligea Leroi à présenter, à contrecœur, Vargas à un juge qui fut trop heureux que l'affaire se conclût et pensa qu'elle lui apporterait un moment de gloire dans les journaux. Il signa, tout content, l'incarcération provisoire de Vargas.

Antoine Vargas fut incarcéré à la prison de Ploemeur en attente de son procès. Les journaux régionaux en firent leurs gros titres, une longue interview d'un haut responsable de la police passa au journal télévisé, et celui-ci rappela que la lutte contre le trafic de drogue s'intensifiait, mais qu'il était hors de question de laisser la population faire justice elle-même. Il adressa un discret remerciement au commissaire Leroi, qui avait dénoué cette affaire avec l'aide de tous les services de police concernés.

Le commissaire avait la certitude que Vargas n'était pas coupable, mais ce dernier jouait à l'amnésique quand on lui posait des questions sur les détails, le lieu et le moment où il avait connu ces dealers, la façon dont il les avait tués, la raison pour laquelle il avait marqué ses crimes d'indices. Vargas s'obstina à se déclarer coupable et ne donna comme raison que la vengeance de la perte de ses deux enfants, morts de la drogue. Son avocat laissa entendre à la presse que ses déclarations de culpabilité n'étaient obtenues que sous la pression policière, qui n'avait aucun élément ni preuve de sa culpabilité.

Toutes ces déclarations sur le doute eurent pour effet de générer un vent de solidarité dans la population envers Vargas. Un comité de soutien fut créé, la presse nationale et les journaux télévisés relayèrent pendant plusieurs jours les déclarations de son avocat. Vargas avait son heure de gloire. Il déclara *via* son avocat qu'il avait tué ces individus qui pourrissaient la vie de tous les enfants, qu'il n'avait aucun regret de ses actes et que seul Dieu pouvait le condamner, alors que la justice des hommes remettait en liberté les trafiquants de drogue et les assassins de la société.

L'affaire Vargas, au bout de quelque temps, prit, comme tous les sujets de société, le chemin de l'oubli médiatique. Un seul être y pensait tous les jours. Franck ne pouvait se faire à l'idée qu'un être humain finisse ses jours en prison pour ses propres actes, malgré l'obstination de ce dernier à le vouloir. Cet homme était-il comme lui, éteint à l'intérieur ? Il avait perdu ses deux enfants, lui restait-il une famille qui pleurait son absence ?

Lui savait que Vargas n'était coupable de rien, cherchait-il une punition ? Avait-il laissé ses enfants tomber dans la drogue sans rien faire ? Se laissait-il condamner pour protéger celui qui avait eu le courage de se confronter à ces êtres immoraux qui vendaient de la drogue ? Franck se demandait s'il ne devait pas affronter la justice des hommes et faire éclater la vérité, pour ne pas laisser un innocent en prison.

Il décida d'attendre, car si cet homme avait choisi d'expier les fautes de sa vie – là était toute la question –, il avait en son âme et conscience pris pour lui le châtiment. « Ai-je le droit de l'empêcher d'être emprisonné, de le soustraire à sa propre punition ? Dans combien de temps ? pensa Franck. Aurai-je le courage d'avouer le mensonge de Vargas ? »

Car Franck n'avait pas tué ces assassins pour finir en prison. Son seul désir était de se venger de ceux qui lui avaient pris son seul fils, sa seule raison d'être sur cette terre. Ils avaient exterminé sa famille, sa descendance, son nom, Michel était le dernier, le fils qui aurait pu donner un nouvel élan à sa famille, le seul qui pouvait créer une nouvelle génération de Kerbouil. À cause de leur crime, ils avaient tué sa descendance.

« Combien de jours et de nuits ? », se demanda Franck avant de se décider à effectuer son action de justice. Il se sentait coupable envers Vargas, cet homme qu'il ne connaissait pas. Il se désolait de l'épilogue de sa punition meurtrière, mais il ne regrettait pas son action, car il avait mis hors d'état de nuire des hommes qui ne méritaient pas de vivre.

Il n'en attendait aucune gloire ni aucun pardon. Mais pourquoi avait-il fallu que Vargas vienne, par sa résolution, le hanter ? Avant la mort de ces hommes, Franck s'était souvent demandé s'il devait continuer à vivre, et seule sa vengeance l'avait aidé à survivre. Maintenant, c'était Vargas qui l'empêchait de faire le choix ultime, avouer ou ne rien dire.

Quelques jours plus tard, Franck écrivit à Vargas pour se soulager du poids qui l'écrasait, tout en gardant le secret sur ce qui les liait.

Monsieur Vargas,

Vous ne me connaissez pas, mais je vous écris pour vous souhaiter la rédemption pour les actes que vous affirmez avoir commis. Pour ma part, je doute que vous puissiez les avoir commis. J'ai suivi votre affaire en totalité, je n'ai pas vu dans votre attitude l'ombre d'un tueur. Vos dernières paroles résonnent encore en moi, et j'affirme sans aucune preuve que seuls une douleur ou des actes cachés vous ont poussé à vous déclarer coupable.

J'ai moi-même perdu mon fils dans des circonstances tragiques et je comprends la douleur d'un père qui se retrouve seul. Que vous est-il arrivé dans votre vie pour que vous vous infligiez une telle punition ? Le fait de vous soustraire du monde vous aidera-t-il à oublier ?

Je pourrais vous poser mille questions en espérant avoir quelques réponses. Si vous le désirez, nous pouvons nous écrire. Prenons cela comme une amitié naissante, et nous nous aiderons mutuellement.

En attente de votre réponse, je vous envoie mon amitié,

Franck.

Par sa volonté à devenir le coupable, Vargas l'obligeait désormais à un autre choix : soit le laisser dans son enfermement, soit se dénoncer. Avant, il devait comprendre Vargas, savoir pourquoi il avait fait un tel choix, pourquoi il avait pris sa décision sans savoir qui était le vrai coupable, ni quelle était la raison de l'élimination de ces hommes.

Ne restait à Franck que l'attente. Sa vie était suspendue à un simple courrier, à la réponse d'un homme qu'il ne connaissait pas. Parfois, des sentiments de haine envers Vargas le submergeaient, à d'autres moments, il le plaignait. Vargas était devenu son double, sans que ce dernier le sache. Franck était dans une prison virtuelle : tout son être, ses pensées étaient monopolisées par Vargas. Lui avait choisi, et son choix devenait une torture intellectuelle pour Franck. Et personne à qui se confier ! Il avait pensé à sa sœur, mais comment partager sa torture sans mettre dans la peine la seule personne qu'il aimait au monde et qui représentait toute sa famille ?

Tous les jours, il guettait le préposé postal. Plus rien ne semblait avoir d'importance, à part cet inespéré courrier qui arriva quinze jours après sa missive. Dès qu'il prit la lettre dans la boîte, son cœur battit la chamade, tel le collégien qui attend les résultats de son examen. De ce courrier dépendait le reste de sa vie.

Il courut chez lui comme si le diable le poursuivait. Si un voisin le voyait, il penserait qu'il était devenu fou. Arrivé dans son salon, il ouvrit l'enveloppe avec empressement, reprit un peu ses esprits et entama la lecture du courrier de Vargas.

Franck,

J'ai été très heureux et très surpris de votre courrier. Bien que je reçoive de multiples lettres, je vous avoue que la vôtre m'a donné envie de vous répondre. Je comprends mal votre intérêt pour moi. À part le fait d'être un homme qui a perdu les siens, je ne mérite pas votre attention.

Je vais vous donner mes raisons, ce qui, j'espère, éteindra votre intérêt pour moi.

J'ai dans ma vie été foncièrement mauvais. Je n'ai pensé qu'à mes plaisirs personnels, délaissant ma famille entière pour une vie de débauche, laissant mourir ma femme dans le chagrin et la maladie. Mes deux enfants, je les avais placés en pensionnat pour ma tranquillité, laissant à des institutions leur éducation.

Tout jeunes, ils ont connu le milieu de la drogue et ont fini par mourir d'une overdose. Si je n'ai pas fourni la drogue moi-

même, je leur ai fourni les moyens de se la procurer. Vous voyez, j'avais mille raisons de tuer ces personnes, et j'ai bien plus de raisons encore de me soustraire au monde. Aucune peine ne saurait pardonner ma conduite passée.

Pour moi, ne faites rien. Oubliez-moi comme je l'ai fait pour ceux qui ont eu le malheur de me porter amour ou amitié. Ma rédemption, comme vous l'écrivez, sera longue, et j'espère pieuse, car si la religion ne m'était d'aucun intérêt avant, je m'y consacre désormais, en espérant que Dieu aura simplement de la pitié pour moi, plus que je n'en ai eu pour mes proches.

Je vous remercie de votre gentillesse à mon égard,

Antoine.

Franck avait les réponses à ses questions. Vargas lui avait dit le « pourquoi du qu'est-ce » et de son désir à être désigné responsable, à être celui que l'on condamnerait. Cet homme méritait-il le pardon pour ce qu'il avait fait dans sa vie ? Il avait agi avec désinvolture vis-à-vis de ses proches. Mais voilà, Franck lui non plus n'avait pas été irréprochable dans sa vie. Il avait fait passer sa carrière de militaire avant son fils, comptant sur sa sœur pour éduquer ce garçon qui, lui aussi, avait connu la pension. Franck avait eu la chance que Michel ait eu un comportement exemplaire tout au long de sa courte vie. Cet homme devait recevoir plus de soutien que de reproches, il était sur la voie de la sagesse en demandant pardon.

Franck fut libéré du poids de la culpabilité envers cet homme. La seule chose qu'il pouvait faire pour lui était de lui écrire, pour qu'il sache qu'il pensait à lui et le comprenait. Et peut-être, un jour, il lui rendrait visite, s'il le désirait. « Je lui poserai la question », pensa-t-il.

Franck et Antoine s'écrivirent chaque semaine, et se racontèrent leurs vies, le désespoir de rester seul au monde. Antoine accepta que Franck lui rende visite, car depuis qu'il était enfermé, il n'avait pas eu de discussion avec quelqu'un du monde libre. Il lui avoua que son manque de liberté lui pesait beaucoup, et que, pour lui, vivre avec les assassins, les voyous en tout genre devenait pénible. Le monde carcéral est très violent physiquement, et bien plus encore intellectuellement.

Leur rencontre fut amicale, et malgré le lieu, elle se fit dans la joie, celle de rencontrer un nouvel ami. Antoine trouva que Franck était un homme charmant et que son visage donnait des lettres de noblesse au mot tristesse. Dans d'autres circonstances, ils auraient pu être de vrais amis, prendre un soir l'apéritif, faire un barbecue en famille, devenir voisins et partager de nombreux plaisirs de la vie. Mais voilà, la vie en avait décidé autrement, le malheur les avait réunis, chacun d'un côté des grilles.

Huit mois passèrent avant que ne s'ouvre le procès. La valse des déclarations journalistiques reprit. Vargas devenait une victime de la société, on l'excusait de tous ses actes supposés par la peine de la perte de ses enfants, allant jusqu'à comprendre une folie quoique meurtrière qui avait eu pour point de départ l'inertie de la police à découvrir les véritables coupables, tous ces vendeurs de drogue qui inondaient le pays de leurs saloperies et détruisaient sa jeunesse.

Des centaines de personnes manifestèrent devant le tribunal avec banderoles et slogans pour demander la libération de Vargas. Son avocat connut son moment de gloire lui aussi, en alimentant le débat sur les lois et les sanctions, et sur le manque de sévérité dont bénéficiaient les voyous en tout genre. Il alla jusqu'à déclarer que son éthique l'empêcherait de défendre des dealers de drogue. La suite de sa carrière à venir lui prouva que non.

Le premier jour de son procès, Antoine Vargas écouta les actes d'accusation sans rien dire, allant jusqu'à refuser de répondre aux questions du procureur et du juge. Il indiqua qu'il ferait une déclaration dès le lendemain. Cette première journée n'amena rien de nouveau et finit très rapidement, du fait de la mauvaise volonté de Vargas qui fut ramené dans sa cellule. Les jurés furent très décontenancés de l'attitude du prévenu, qui s'était pourtant lui-même déclaré coupable huit mois auparavant. Son avocat annonça à la presse que son client lui avait demandé d'attendre le lendemain pour faire une déclaration, et qu'il avait rendez-vous le soir même avec M. Vargas pour peaufiner sa défense.

Le deuxième jour, Vargas arriva au tribunal avec le sourire et une certaine hâte que débute son procès. Il avait discuté longuement avec son avocat, ils avaient préparé ensemble sa défense. On pouvait voir sur le visage de l'avocat comme une certitude sur le résultat du procès, mais rien ne fut dévoilé à la presse qui le harcelait de multiples questions.

Quand le juge et ses assesseurs entrèrent dans la salle du tribunal, un silence se fit, malgré le nombre important de personnes présentes, les journalistes de la région et les membres du comité de défense de Vargas étant les plus nombreux.

Des reporters de télévisions nationales filmèrent et posèrent des questions aux curieux qui s'agglutinaient sur la place. Chacun d'eux avait un avis bien tranché sur le fait qu'il avait tué des trafiquants de drogue, des voyous qui ne méritaient que la mort. Pour certains, si on avait eu le droit de décorer Vargas, il aurait reçu immédiatement l'ordre national du Mérite.

Quelques personnes raisonnables déclarèrent que seuls le droit et la justice devaient être mis en œuvre pour arriver à une punition juste, car on ne pouvait faire justice soi-même. Tout ce beau monde eut sa minute de gloire télévisuelle au journal de 13 heures, qui diffusa un reportage retraçant tout depuis le début de l'affaire.

Franck, évidemment, était présent. Il avait salué discrètement Vargas, qui lui avait retourné un sourire et un léger signe de tête. Franck ne se posait plus de questions sur les déclarations que voulait faire Vargas. Il avait choisi seul de s'accuser et de se retrouver en prison. Dans les discussions qu'il avait eues avec lui, rien ne laissait supposer que Vargas changerait de défense. Mais la pénibilité de l'enfermement l'avait peut-être fait changer d'avis sur le fait de se déclarer coupable.

Le tribunal en place, tous les curieux, les journalistes, les proches firent silence. Les jurés prirent leur place avec le sérieux que leur donnait leur attribution : juger un homme. C'était à eux de décider en leur âme et conscience de l'avenir de M. Vargas. Le procès débuta et le procureur énuméra avec grand talent tout ce qui était reproché à Vargas, les meurtres, qu'il qualifia d'horribles et qui avaient été exécutés avec préméditation. Il appuya sur le fait que l'accusé s'était fait juge et bourreau, et avait exécuté de jeunes gens, certes enrôlés dans des trafics illégaux. Il ajouta qu'il était important de rappeler qu'après une enquête de police, M. Vargas avait été arrêté et avait avoué ces meurtres immondes.

Sa plaidoirie rappela à tout un chacun qu'il y avait une justice, des services de police, et que Vargas, par ses actes, avait bafoué la justice de son pays. Par ses actes, il avait fait naître un comité en sa faveur, qui mettait en doute les valeurs de justice de son pays, et laissait supposer que l'on pouvait faire justice soi-même si sa peine personnelle le justifiait.

Le procureur rappela que même dans les temps très reculés du Far West, la justice des hommes ne permettait pas le crime ni la justice expéditive. « Le recul des valeurs de justice est trop grave et dangereux pour le peuple et pour la nation tout entière. » Il demanda une peine de vingt ans d'emprisonnement incompressible, du fait de la dangerosité de Vargas.

Celui-ci avait écouté toute la plaidoirie de l'accusation avec passivité. Rien sur son visage ne laissait apparaître le moindre sentiment, il savait pourquoi il était devant la justice de son pays. Pendant son incarcération, il avait étudié le déroulement d'un procès pour meurtre. Dans ses pensées bien enfouies, il attendait le moment de sa défense. Il jouait pour son avenir la plus grande partie de poker, allait-il la gagner ?

Le temps de la vérité ou de la punition viendrait bien assez tôt. Vargas n'avait aucune impatience à ce niveau. Lui, il avait évalué en son âme et conscience tous les risques liés à son mutisme devant les policiers.

À la grande surprise de toute l'assemblée, l'avocat déclara que son client était innocent de tout ce dont on pouvait l'accuser, et qu'il revenait en totalité sur ses déclarations antérieures, faites selon lui sous la pression policière et celle de l'État, qui voulaient à tout prix trouver un coupable parfait, un bouc émissaire.

Il accusa la presse d'avoir publié des articles accusateurs sans avoir fait ses devoirs de vérification. Tout ce qui avait été écrit ou dit dans la presse avait passé sous silence la possibilité que M. Vargas soit innocent. Si Vargas avait finalement avoué les crimes, c'est qu'il se trouvait dans un état psychologique très affaibli. L'avocat affirma que la perte de ses enfants, morts très jeunes de la drogue, avait procuré un sentiment de culpabilité à

M. Vargas. D'après les dossiers de l'instruction, aucune évaluation psychologique n'avait été demandée ni effectuée pour déterminer si Vargas était apte à répondre au questionnement policier.

Il ajouta qu'aucune preuve flagrante et vérifiée ne venait étayer avec sûreté la culpabilité de Vargas, et que seul le fait qu'il avait avoué avait donc suffi à clore l'instruction et en conséquence, à interrompre la recherche du vrai coupable et de la vérité. « Je défie le tribunal d'apporter aux jurés la certitude que mon client est coupable des actes qui lui sont reprochés. »

Le défenseur de Vargas appela à la barre le commissaire Leroi qui jura, comme le veut la loi, de dire la vérité, toute la vérité. Sa première question fut :

« Pourriez-vous nous dire comment vous êtes arrivé à la conclusion de la culpabilité de M. Vargas ? Quelles preuves irréfutables avez-vous mises au jour pour arriver à l'interpellation de mon client ? »

Le commissaire énuméra avec précision de quelle façon et pour quelles raisons il était arrivé à la conclusion que ces meurtres n'avaient pas été opérés par des trafiquants de drogue, du fait qu'à chaque meurtre, un indice était toujours mis en évidence par le tueur, comme pour indiquer une piste, voire peut-être une explication.

« Le premier indice a été les drapeaux maritimes indiquant un SOS, le deuxième du sable blanc qui, après réflexion, nous a fait penser à la drogue appelée communément "de la blanche", et le troisième indice, laissé en évidence, a été une lettre manuscrite qui annonçait que ces actes étaient finis et que l'homme s'en remettait à Dieu. Nous avons cherché qui aurait eu envie de se venger de trafiquants de drogue. Après recoupements et éliminations, M. Vargas était le seul qui correspondait au profil.

Il a été convoqué librement, et après interrogatoire, pendant lequel il n'a pas fait jouer son droit à se défendre et n'a jamais voulu répondre à aucune question qui aurait pu le disculper, il a persévéré dans ses dires en s'accusant de tous les meurtres. Je lui ai moi-même indiqué que son silence pouvait, sans doute, le mener à l'incarcération. Et concernant les indices qui pourraient le désigner comme coupable, ceux-ci sont actuellement inexistants. Seuls ses aveux l'ont conduit devant ce tribunal. J'ai transmis le dossier à M. le juge qui a alors pris la décision d'emprisonner M. Vargas en attente d'un jugement. »

Ce procès prenait une drôle de tournure. L'accusation, qui n'avait aucune preuve, eut beaucoup de mal à charger M. Vargas. Pas un témoin à charge pour l'accuser, pas une preuve tangible. L'avocat de la défense n'eut aucune difficulté pour sa plaidoirie, il demanda la libération immédiate de son client.

Le juge arrêta les débats assez rapidement, car il sentait bien que l'on mettait à mal le système judiciaire, et il constatait que l'on s'était bien empressé d'enfermer le prévenu pour des raisons qui n'avaient rien de judiciaire mais qui étaient plutôt politiques. Toutefois, il garda pour lui ce genre de pensée.

Il demanda à Vargas s'il désirait ajouter quelque chose pour sa défense, avant que les jurés se retirent pour délibérer. L'accusé répondit par l'affirmative, et demanda au juge s'il pouvait poser une question à quelqu'un qui se trouvait dans le tribunal, car de sa réponse viendrait l'explication de tous ces actes de mort, de cette justice meurtrière. Avec le consentement du juge, Vargas fit appeler à la barre M. Franck Kerbouil. Ce dernier n'en fut pas étonné, et même il l'avait espéré. Franck avait attendu, le secret que lui et Vargas avaient créé serait dévoilé à la cour, aux hommes présents. L'heure ultime de la confrontation avec la justice des hommes sonnait, il allait bientôt pouvoir se libérer devant les humains de ses actes, et enfin voir son ami Vargas reprendre sa liberté, car telle était désormais son envie.

Franck se plaça devant le juge, qui lui demanda de se présenter et de jurer de dire la vérité. C'était un moment assez surréaliste : le prévenu allait interroger un témoin avec l'accord du juge.

Vargas se positionna devant Franck et lui posa une seule question :

« Franck, désires-tu entendre et savoir pourquoi j'ai désiré et j'ai voulu être emprisonné ? »

Franck répondit par l'affirmative et remercia Vargas à l'avance pour cet acte de courage :

« Monsieur le juge, mesdames et messieurs les jurés, je vous avoue n'être coupable que de négligence envers ma femme que j'ai laissée mourir seule dans la maladie, envers mes enfants que j'ai placés dans des institutions en négligeant totalement leur éducation pour mon bien-être personnel, ce qui a eu pour effet qu'ils se sont adonnés à la drogue. Je n'ai pas fourni la drogue, mais je leur ai donné les moyens de se la fournir. À cause de ma négligence, ils en ont abusé, jusqu'à en mourir.

Je suis coupable d'avoir eu un enfant que je n'ai pas reconnu, laissant sa mère s'en occuper. Cette dernière étant elle-même droguée, elle mourut pendant la prime jeunesse de mon enfant. Je n'ai rien fait pour améliorer sa situation, même si mes finances l'auraient permis. J'avais perdu deux enfants par négligence, et je n'ai pas essayé de me racheter en tendant la main à celui qui était mon fils.

Je dis "était", car, comme pour me punir totalement de mon égoïsme, il a été le dernier à se faire tuer dans cette quête de justice. Ce fils à qui je n'avais pas donné mon nom se nommait

Ronan Le Sausse. Il était tout ce qu'il me restait sur cette terre. Je ne peux lui pardonner ses erreurs, mais elles sont surtout le résultat des miennes, voilà pourquoi je me suis accusé de tous ces meurtres. Si je ne mérite pas la prison pour les meurtres, je la mérite pour ce que j'ai fait vivre à ceux qui ont croisé mon chemin.

Dans peu de temps, je laisserai à M. Kerbouil le choix de la fin de l'histoire, car de ma vie, je n'ai rencontré un homme aussi honorable que lui, quoique vous puissiez en penser plus tard.

J'en ai fini, car seule la justice de Dieu pourra me guérir de mon abominable vie. Monsieur le juge, je vous laisse avec mon ami Franck Kerbouil. La justice des hommes ne s'appliquera que grâce au bon vouloir de ce dernier, qui m'a convaincu de vous laisser appliquer la loi, pour qu'à son tour vous le punissiez des crimes qu'il a commis.

Mon fils et ses amis lui ont enlevé ce qu'il avait de plus cher, son fils. S'il a choisi de faire justice lui-même, je le comprends, et je lui pardonne, car sans lui, le meurtre de son fils serait resté impuni. Voilà, mesdames et messieurs, ce que j'avais à déclarer. Je vous laisse nous juger, mon ami Franck et moi. »

Toute la cour de justice et toutes les personnes présentes dans la salle restèrent ébahies devant ce discours qui fit chavirer tout le procès. Le juge appela M. Kerbouil à la barre et lui posa une seule question :

« Êtes-vous, comme l'a dit M. Vargas, coupable des meurtres dont il est accusé ? »

Franck Kerbouil déclara que tout ce que Vargas avait déclaré était la stricte vérité, et qu'à partir de ce moment, il se mettait à la disposition de la justice pour assumer pleinement tous ses actes. Que donc, par ce fait, il déclarait que M. Vargas n'avait commis aucun méfait et n'avait en aucune manière participé, ni été au courant de l'élaboration de ses actes.

Franck ajouta que s'il ne s'était pas rendu à la justice plus tôt, ce n'était qu'à la demande de M. Vargas, et que s'il avait accepté, son acceptation n'avait été, évidemment, que provisoire. « Nous avions décidé que le jour du procès serait le jour de la vérité. J'ose espérer que vous ne punirez pas M. Vargas pour ce stratagème. »

Le juge ordonna l'arrestation de Franck Kerbouil. Il déclara Vargas innocent et demanda sa libération immédiate. La peine qu'il avait effectuée en détention provisoire couvrait celle à laquelle il fut condamné pour la non-dénonciation de M. Kerbouil.

Franck et Vargas restèrent amis. Franck fut condamné quelques mois plus tard à une peine de prison de quinze années. Pour ces deux hommes, peu leur importait la vie, car ils étaient morts de l'intérieur. De la justice des hommes, l'un comme l'autre se fichaient.

Seule la justice divine les délivrerait peut-être de leurs actes.

Merci à mes amis pour leurs corrections, et à toutes les personnes qui m'ont encouragé à persévérer dans l'écriture de ce livre.

Imprimé en Allemagne
Achevé d'imprimer en juillet 2022
Dépôt légal : juillet 2022

Pour

Le Lys Bleu Éditions
40, rue du Louvre
75001 Paris